There is no instinct like that of the heart
Lord Byron

Claudia Lidia Badea

Storys mit Echo

und

ein bisschen Ruhm

FSC
www.fsc.org

MIX

Papier aus ver-
antwortungsvollen
Quellen
Paper from
responsible sources

FSC® C105338

Autor: Claudia Lidia, Badea
Umschlaggestaltung, Illustration: die Autorin
Lektorat, Korrektorat: Maria Kainzbauer

Bibliografische Information der Deutschen Nationalbibliothek:
Die Deutsche Nationalbibliothek verzeichnet diese Publikation in
der Deutschen Nationalbibliografie; detaillierte bibliografische
Daten sind im Internet über dnb.dnb.de abrufbar

© 2018 Claudia Lidia Badea

Herstellung und Verlag: BoD – Books on Demand, Norderstedt

ISBN: 9783746081380

Paperback
Hardcover
e-Book

Inhaltsverzeichnis

Irgendwo in Transdanubien............................7
Der junge Mann im Zug............................13
Gemischte Gefühle............................19
Akademisches Flair............................108
Die alte Eiche............................148
Casa Meringo............................165
Der Tiroler............................171

Claudia Lidia Badea ist Doktorin der Mathematik der Universität Bukarest, Doktorin der Naturwissenschaften der Universität Wien, habilitierte an der Universität Salzburg und ist korrespondierendes Mitglied der European Academy of Sciences. Hat über 90 wissenschaftliche Publikationen veröffentlicht. Ihr literarisches Werk umfasst mehrere Bücher, das letzte, „Erzählungen aus Transsilvanien", wurde in tredition Verlag, 2016, Berlin veröffentlicht. Mehrere Geschichten wurden in Anthologien der Novum-Verlag, Österreich, veröffentlicht.

Irgendwo in Transdanubien

D amals, in dem Jahr, herrschte eine erschreckende Dürre. Die Sommertemperaturen stiegen, waren kaum auszuhalten und je nach Möglichkeiten versuchten die Einwohner großer Städte, sich irgendwo aufs Land, ins Ausland, sogar auf einen anderen Kontinent abzusetzen.

Und so ist es dazu gekommen, dass ich meine Freundinnen eingeladen hatte, bei mir in Kamond einen kurzen Urlaub zu verbringen.

Ich glaube nicht, dass sie diesen Namen je gehört hatten, klingt ziemlich seltsam.

Kamond ist die Bezeichnung einer Ortschaft irgendwo in einer ungarischen Steppe, die Károly Puszta die im Gebiet Dunántul, also in Transdanubien liegt. Der Name scheint slawischen Ursprungs zu sein und bedeutet Stein, Fels.

Hier wurden irgendwann die Römer angesiedelt, die Kontur einer Festung aus der Zeit ist heute noch sichtbar. Später wurde diese Region von den Langobarden, Awaren und Slawen durchkämmt, danach die Slawen haben sich hier niedergelassen.

Bis zum Kommen der Magyaren im neunten Jahrhundert, angeführt von Árpád, gehörte das Dorf dem Fürstentum Nitra. Übrigens, die erste dokumentarische Erwähnung des Dorfes liegt beim Jahr 1062, also während der ungarischen Herrschaft.

Damals, Ostarichi gehörte als Markgrafschaft zum Herzogtum Bayern, Könige der Franken waren die Kapetinger, in England regierte Eduard der Bekenner, voll beschäftigt mit dem Bau der Kathedrale von Westminster und in Vatikan regierte der Papst Alexander II. Selbstverständlich keiner von diesen hat von Kamond gehört, doch er existierte.

Durch die Tatar Invasionen, in den Jahren 1241 und 1380, wurde das Dorf komplett zerstört, wie man volkstümlich sagt, kein Stein auf Stein ist mehr geblieben.

Dann im fünfzehnten Jahrhundert konnte das Dorf wieder in Form von zwei Siedlungen, Kiskamond, oder der kleine Kamond und Nagykamond, oder der große Kamond gebracht werden.

Um 1550, Kaiser Ferdinand I schenkte das Kiskamond Gebiet den Familien, die dort wohnten und ihm in Kampf gegen die eindringenden Türken verhalfen. Viele von Ihnen haben sogar einen Adelsbrief bekommen. Ab dem achtzehnten Jahrhundert, nach einer Entscheidung Kaiserin Maria Theresia, Konfessionell, gehörten die Kamondern zum Bistum Veszprem und bezahlten kein Zehntel.

Nagykamond blieb lange Zeit unbewohnt, nachher haben sich die Eigentümer einer nach dem anderen verändert, bis ins XVIII Jh., als das Gebiet in Besitz der gräflichen Familie Erdödy kam. Irgendwann Graf Erdödy György hat eine große Anzahl nach den türkischen Invasionen obdachlos gebliebene Familien, nach Kamond eingeladen und schenkte ihnen ein Stück Land. Diese sind dann Leibeigene des Grafen geworden. So war es damals.

Merkwürdig, diese Erdödys waren selbst Leibeigene der Familie Drágffy und Drágffy stammten in direkter Linie von dem Moldauischen Fürsten Dragoş.

Die Erdödys haben wichtige priesterliche Funktionen innerhalb der katholischen Kirche bekleidet, wurden von Mathias Corvinus geadelt und erhielten den Gräflichen Titel von Kaiser Ladislau II. In den späten neunzehnten Jahrhundert waren sie im Besitz eines immensen Vermögens, bestehend aus mehr als 12 Burgen und Schlösser.

Noch im Jahr 1935 gehörte mehr als die Hälfte, der gesamten landwirtschaftlich genutzten Flächen des Kamond Gebietes, der Familie Erdődy.

Die Nagykamond Bauern haben es sehr schwer gehabt. Sie waren bitterarm.

Auch wenn nach dem Revolutionsjahr 1848 die Leibeigenschaft abgeschafft wurde, sie besaßen sehr wenig Land und mussten auf anderen Einkommensquellen zurückzugreifen. Zunächst begannen sie Weinbau, Pferde und Rasenhundezucht zu betreiben. Später gab es kleine Handwerker.

Lesen, schreiben und rechnen haben sehr wenige gekonnt.

Es wird darauf hingewiesen, dass im Dorf, im Jahr 1771, gab es sogar einen Lehrer, weil Kaiserin Maria Theresia die Schulpflicht eingeführt hatte. Armer Kerl, es gelang ihm nicht einen einzigen Schüler in die Schule zu bringen. Hauptgrund war Elend.

Ein Kilometer vom Dorf entfernt, liegt die noch heute bekannte Dabrokai Csárda, Wirtshaus die an Geheimnissen und Abenteuer erinnert. Zum Beispiel, im Jahr 1809 die Napoleonischen Regimenter wurden hier in einem Kampf geschlagen und später, während der 1848-1849 Revolution, da trafen sich die Revolutionäre und Verschwörer.

Nach dem Zweiten Weltkrieg, die demografischen und sozialen Strukturen haben sich verändert und es hat sich ein einziges Dorf gebildet, das „Kamond".

Dann kam die Zwangskollektivierung und es wurden zwei Produktionsgenossenschaften gebildet. Zu der Zeit zählte das Dorf etwa 800 Seelen.

Im Jahr 1989 kam die große Wende und vieles hat sich verändert.

Die Dorfeinwohner haben ihr Land zurückbekommen, die Produktionsgenossenschaften wurden abgebaut, die Jungen Menschen verließen Kamond, um Arbeitsplätze in den Städten oder im Ausland zu suchen und der Schulbetrieb wurde eingestellt, weil nicht genug Kinder geboren wurden.

Im Dorf blieben etwa 400 Menschen, viele davon Rentner. Verlassene Häuser lagen überall. Wer sich nicht an das neue System angepasst hat, war verloren.

Seit einigen Jahren ist man der EU beigetreten. Großartig, es gab Geld.

Zwei unternehmungslustige Bauern spürten den Augenblick, kauften die von anderen Bauern ungenutzten Landflächen und Dank der EU Zuschüsse begann eine intensive Landwirtschaft und Viehzucht. Diese sind nun die neuen Wohlhabenden.

In diesem Dorf von ehemaligen Leibeigener gibt es heute fließendes Wasser, Telefon, es wird Internet praktiziert, geheizt wird nicht nur mit Holz, sondern auch mit Gas und Solaranlagen, der Müll wird wöchentlich abgetragen, Briefe werden von dem Postauto, täglich, vor die Tür gebracht und abgeholt, es gibt zwei Lebensmittelgeschäfte für den täglichen Bedarf und die Verbindung mit dem Rest der Welt macht ein Bus zweimal täglich, kostenlos für Rentner.

Schicksal, in diesem Dorf kaufte ich mir ein Haus mit Garten. Viele hatten gefragt, warum gerade in Kamond? Ich glaube nicht, dass ich eine befriedigende Antwort auf diese Frage geben könnte, die Wahrheit ist ich weiß es nicht. Ich war in einer schwierigen Lage meines Lebens und ich wollte mich in einem ruhigen Ort niederlassen. Und es gab Kamond.

Einige strukturelle Verbesserungen im Haus waren notwendig, Garten gehörte gepflegt, Holzschuppen wurde in Hobbyraum und Heuschuppen in eine Garage umgebaut.

In diesem großen Haus mit dem riesigen Garten, in diesem Land mit für mich fremden Menschen, freundlich nur weil ich sie bezahle, bin ich oft alleine, begleitet von meinen Gedanken und Fantasien und ich schreibe.

Kehren wir zurück zu unserer Erzählung.

Die große Hitze im gesagten Jahr erreichte auch Kamond, doch im großen Haus oder auf der Terrasse war es recht angenehm.

Die Sommerabende auf der Terrasse hatten einen besonderen Reiz, in der Luft schwebte ein Duft von Rosen und Lavendel und es herrschte eine großartige Stille.

Nur ab und zu konnte man das Bellen einiger Hunde hören.

Meine Freundinnen Lilianne, AnnMay, Gerda, Frencinne und Ary hatten sich von der Einladung, begeistert gezeigt. Doch am Telefon wurde mir folgende völlig berechtigte Frage gestellt: »Nun gut, wir werden in einem schönen großen Haus wohnen und werden die gute Luft im Garten genießen, aber wie werden wir den ganzen Tag verbringen?«

»Darüber hatte ich nachgedacht. Neben einem Kartenspiel, einem Rommé Spiel, einem besser oder schlechteren TV – Programm, einem Besuch in einem der nahe gelegenen Thermalbäder, jede von uns soll eine interessante erlebte oder gehörte Geschichte erzählen«, schlug ich vor.

»Aha, meine Gedanken landen gleich bei Boccacios Il Decamerone, wunderbar, toll, dass wir vor der Hitze und nicht von der Pest weglaufen«, erwiderte Frencinne.

»Ja, wir könnten sogar einen Wettbewerb veranstalten und die interessanteste Erzählung preisen. Die Weinbegleitung zu allen Erzählungen werde ich organisieren. «

Ich sollte noch dazu sagen, dass meine Freundinnen nicht mehr in ihrer ersten Jugend waren, auch nicht in der zweiten, eigentlich etwa Ende der dritten. Gerda, Frencinne und Ary waren verwitwet, Lilianne und AnnMay seit mehreren Jahren geschieden. Lilianne und AnnMay, waren zur Jugendzeit Schulkolleginnen.

Die Ankunft meiner Freundinnen verlief normal und nach nur einen Tag, saßen wir alle sechs auf der Terrasse um den Tisch, mit einem Glas Rotwein in der Hand und voller Spannung auf das was man hören werde.

Es hat sich eine extrem angenehme Atmosphäre von Warten, Neugier und Interesse entwickelt.

Ich dachte, ich als Gastgeberin, sollte mit der ersten Geschichte anfangen.

Ich werde mir erlauben, als Logo unseres Treffens, die berühmte Miniatur aus Christine de Pizans „Buch von der Stadt der Frauen" zu benutzen.

Le Livre de la Cité des Dames, Christine de Pizan,

Werk des Meisters der Cité des Dames, 1405

Der junge Mann im Zug

Eigentlich hatte ich einen erfolgreichen Tag. Meine Vorlesung war gut angekommen, die Studenten applaudierten und ich hatte reichlich das Gefühl von erfüllter Aufgabe. Darüber hinaus erreichte mich die erfreuliche Nachricht, dass eine Hochschule in Deutschland mein Vorlesungsvorschlag für die Sommerakademie genehmigte. Alles also im grünen Bereich.

Es war ein enormes Gefühl der Vollendung und ich war in so einer Stimmung, dass ich alle Leute umarmen und meine Freude teilen musste.

Eigentlich komisch, wenn ich genauer darüber nachdenke. Ich war begeistert, dass ich mehr und besser arbeiten konnte, während andere glücklich waren, in den Urlaub fahren zu können. Aber die Menschen sind sowieso nicht gleich.

Ich raffte mein Gepäck auf die Schnelle zusammen und sah mich um, um sicherzugehen, dass ich nichts vergessen hatte. Ich schloss die Tür des kleinen Büros und ging eilig Richtung Bushaltestelle. Meine Hoffnung war, den vorletzten Zug nach Wien zu erreichen.

Der Bus kam pünktlich an, sodass ich den Bahnhof etwa zehn Minuten vor Ankunft des Zuges erreichte. Auf dem Bahnsteig haben nicht zu viele Passagiere gewartet. Außerdem verkehrten zwischen Wien und Salzburg, stündlich, zwei bis drei Züge.

Schließlich rollte der Zug auf dem mir so bekannten Gleis acht ein, ich stieg in einen Wagen der zweiten Klasse ein und fand zum Glück ein komplett leeres Zugabteil. Das Glück war auf meiner Seite. Ich entschied mich für einen Platz, wie immer, am Gang, hängte meinen Mantel an den Kleiderhaken, legte meine Aktentasche neben mir ab, zog meine Schuhe aus und legte meine Füße auf die Bank gegenüber.

In den nächsten Minuten umfasste mich ein Gefühl von Freude, Glück und Erleichterung und ich suchte gleich in meiner Tasche irgendein Sudoku, um mir die Zeit bis nach Wien zu vertreiben.

Es war fantastisch, ich war alleine im Abteil, saß bequem und war nicht gezwungen, Zeugin irgendwelcher langweiligen Diskussionen zu sein oder seltsame Gerüche einzuatmen.

Leider dauerte dieses Gefühl von Glück, das wir selten in diesem Ausmaß erleben können, nicht lange. Im Bahnhof Attnang - Puchheim stieg ein junger Mann in den Zug, schaute durch alle Zugabteile, drehte sich um und öffnete die Tür zu meinem Abteil.

Ich wunderte mich, dass er gerade dieses Abteil auswählte, weil ich wusste, dass in dem ganzen Waggon ziemlich wenige Passagiere waren und einige Zugabteile sogar leer waren. Aber bitte sehr, wenn das seine Wahl war, dann alles bestens.

Der junge Mann sah schrecklich aus. Der Anzug war schäbig, aber scheinbar sauber. Er trug einen grünen Mantel, unter einer zerlumpten Jacke mit verschiedenen Flecken lange Hosen mit Taschen an den Außenseiten und hochgerollt bis zu den Knien; er war barfuß in viel genutzten Stiefeln und hatte unfrisiertes Haar. In einer Hand trug er eine Reisetasche und in der anderen eine Tüte mit Lebensmitteln und eine Flasche Coca-Cola.

Zu meiner Überraschung zog der junge Mann die Tür auf und extrem höflich fragte, ob es einen freien Platz gebe. Mit einer Stimme vibrierend vor Unsicherheit und Angst antwortete:

»Ja, natürlich, alles ist frei. «

Der junge Mann wählte einen Fensterplatz vis-à-vis von mir aus, legte seine Reisetasche unter seinen Platz, zog seinen Mantel aus, hängte ihn auf den über seinem Platz angebrachten Haken, zog auch seine Jacke aus und legte sie neben sich auf den Sitz, zog den ausziehbaren Tisch aus und legte das Säckel mit Lebensmitteln darauf.

Im Abteil war es sehr warm, er blieb nur im Hemd und krempelte seine Ärmel bis zum Ellenbogen auf. Seine dünnen Arme waren voll roter Punkte und voller Schwellungen und ich erkannte, dass mir gegenüber ein Opfer des Feindes unserer Zivilisation, der Droge, saß.

Er blickte mich wieder an und fragte mit dem gleichen höflichen Ton, ob ich etwas dagegen hätte, wenn er essen würde. Er fügte noch hinzu, dass seit heute Früh in den Bergen zu Fuß unterwegs gewesen sei und den ganzen Tag nichts gegessen habe.

»Selbstverständlich habe ich nichts dagegen, Sie können ruhig ihre Mahlzeit genießen, mich stört es überhaupt nicht«, antwortete ich.

Um aber ehrlich zu sein, während ich diese Worte aussprach und die Lebensmitteltüte genauer anschaute, spürte so etwas wie einen Knoten im Hals.

Seit dem Eintritt des jungen Mannes in mein Abteil roch ich Armut und Schweiß, der sich bei jeder Bewegung intensivierte. Die Mischung des persönlichen Geruchs mit dem Geruch entstanden aus Bratwurst, Leberkäse, Zwiebeln und Knoblauch erzeugte so einen Gestank, dass ich die Schiebetür öffnen musste, um frische Luft zu bekommen.

Einmal fragte er mich, ob ich Lust auf Wurst oder Leberkäse hätte, ich verneinte, war aber höflich. Er bot mir einen Kuchen zum Nachtisch an. Ich verweigerte mich auch diesmal, mit der Entschuldigung, dass ich Süßigkeiten mied wegen zu vieler Kalorien.

Als er den Grund hörte, lächelte und antwortete auf Englisch: *»All women are on diet! «*

Diese schnelle und irgendwie kokette Antwort kontrastierte mit ihm so sehr, dass es mir wirklich sehr schwer war, ihn in eine passende soziale Schicht einzureihen.

Ich begann meinen Reisekompagnon, ab und zu, zu beobachten. Er sah nicht wie ein schlechter Mensch aus und ich glaube, er war auch nicht schlecht. Nichts deutete darauf hin, dass er schlecht sein könnte. Er wirkte einfach sehr arm. Seine Augen waren traurig und verwirrt, beim Kauen seines Essens starrte er in die Leere und es schien, als wäre er nicht von dieser Welt.

Nachdem er mit dem Essen fertig gewesen war, zog er aus der Reisetasche ein Buch aus, dann ein Taschentuch und einen Schal. Das Buch legte auf den Sitz neben sich und den Schal band er ganz modisch um den Hals.

Als der Schaffner erschien, zog er die Fahrkarte aus einer alten schäbigen Brieftasche aus Leder. Die Brieftasche sah ziemlich dünn aus, ich glaube, sehr viele Geldscheine waren nicht drin.

Ich bemerkte, wie aufmerksam der Schaffner die Gültigkeit des Zugtickets studierte. Im Vergleich dazu warf er nur einen flüchtigen Blick auf meine im Internet gekaufte Fahrkarte. Es folgten die sehr höflichen Worte:

»Wünsche Ihnen eine angenehme Reise, Frau Doktor. «

Obwohl mir die Anwesenheit des jungen Mannes, so langsam, nicht mehr unangenehm war und ich mich an die Seltsamkeit seiner Person zu gewöhnen begann, dachte, dass ich in ein anderes Abteil umziehen muss.

Wusste aber nicht, wie es weitergehen sollte.

Endlich bot sich die lang ersehnte Gelegenheit, das heißt, der junge Mann ging auf die Toilette.

Perfekt! Mit größter Eile riss ich meinen Mantel fast vom Haken, nahm meinen Aktenkoffer und ging schnellstmöglich aus dem Abteil.

So wie ich bereits vermutet hatte, eine Reihe von Abteilen stand leer. Ich betrat eines, schloss die Tür hinter mir, hängte den Mantel auf den Haken, setzte mich wie gewöhnlich auf einen Platz am Gang, legte den Aktenkoffer ab, zog die Schuhe aus, legte meine Beine auf die Bank vis-à-vis und sagte mir, dass von jetzt an nichts Unangenehmes mehr passieren könnte.

Leider dauerte das so entstandene Nirwana, in das ich gesunken war, nicht lange.

Nach weniger als zehn Minuten beobachtete ich, dass sich der junge Mann, Mantel und Sakko über einem Arm tragend und die Tragetasche über dem anderen, auf dem Korridor entlang bewegte und jedes Abteil erforschte.

Er verpasste mein Abteil, bewegte sich aber gleich zurück und sagte mit einem siegreichen Lächeln und einer müden Stimme:

»Bitte um Entschuldigung, ich kann mir nicht erklären, wie es geschah, dass mein Mantel und meine Tasche in einem anderen Abteil landeten, während mein Platz hier war, in Ihrer Nähe.«

In diesem Augenblick erkannte ich, dass er sein Abteil nicht an seinem Mantel und seiner Tasche erkannt hatte, sondern an mir.

Und mehr als das. Er konnte sich kaum vorstellen, dass ich vor ihm weggelaufen war, dass jemand vor ihm weglaufen könnte.

Vertrauter und irgendwie akzeptabler für ihn wurde die absurde Idee, Mantel und Tasche landeten in einem anderen Abteil.

Er setzte sich danach an seinen Platz am Fenster, nahm das ungeöffnete Buch in die Hand, hielt es fest und rutschte in eine Art Traum, eine Art von Trance, ohne sich dafür zu interessieren, was um ihn herum passierte.

Es war klar, dass ihm da sogar meine Anwesenheit im Abteil fremd geworden war.

»Sehr interessantes Ereignis. Genau so ist es gewesen? «

»Ja, die Geschichte ist real. Ich weiß nicht wie und warum, aber diese Begebenheit hat mich für eine Weile verfolgt. «

»Wer erzählt weiter? Wollt Ihr eine Pause machen? « fragte ich.

Es folgte nur eine kurze Pause, dann Lilianne begann zu erzählen.

Gemischte Gefühle

Ich erhielt einen kurzen viermonatigen Aufenthalt an der UCLA - University of California in Los Angeles- und mietete in Westwood bei Los Angeles eine Wohnung, im Anklang mit meinem Studenten-Budget. Hier wohnte ich eigentlich zusammen mit einer Kollegin, AnnMay, was auch vorteilhaft war, weil beide keine Bekannten in dieser Stadt hatten.

Kurz vor Weihnachten, AnnMay entschied sich den Winter Urlaub in New York zu verbringen und ließ mich alleine im Haus. Für mich war es kein Problem allein in Los Angeles zu bleiben, ich hatte genug Arbeit und ich beabsichtigte sowieso mein Praktikum in Los Angeles zu optimieren im Sinn reduzieren. Anderseits, wenn man keine Freunde oder engere Bekannte hat um Festtage gemeinsam zu feiern, dann tröstet man sich mit TV Programme oder mit einem guten Buch.

Bei mir ist es diesmal anders gewesen.

An der Uni gab es damals bestimmte soziale Kreise, die bemüht waren, für den *Visitors* ein Integrationsprogramm in die amerikanische Gesellschaft zu gestalten. Es wurden Vorkehrungen getroffen, um für Weekends oder Feiertagen von amerikanischen Familien eingeladen zu sein.

So geschah es eines Abends, dass mich ein gewisser Herr Rike anrief. Er sagte, dass er von meiner Ankunft erfuhr und es interessiert ihn, ob ich irgendein Programm für das New Year's Eve im Aufsicht habe. Wenn nicht, er möchte wissen, ob ich akzeptieren würde von einer amerikanischen Familie eingeladen zu sein. In diesem Sinn er hatte Familie Warren bereits kontaktiert. Die Warrens wohnten in Pasadena, möchten mich gerne einladen und würden für mich auch die Teilnahme an der berühmten Rose Parade organisieren.

Da ich noch nichts geplant hatte, nahm ich sofort mit großer Begeisterung die bevorstehende Einladung an und bedankte mich höflich.

New Year's Eve in Pasadena

Am nächsten Tag, Familie Warren rief mich an und es wurde mir angekündigt, dass ich am vor Silvester Tag abgeholt werde, um nach Pasadena zu fahren. Es wurde mir nicht gesagt, wer kommt, sie wussten es wahrscheinlich auch noch nicht.

Am besagten Tag, so um 10 a. m., es klopfte an der Tür meiner Wohnung, ich öffnete und vor mir stand ein sehr gut aussehender Mann, in subtile Eleganz gekleidet, mit großen dunklen Augen und weißem ziemlich blassem Gesicht. Er schaute mich mit scharfem Blick an, fragte, ob ich die Jenige bin, die ich sein sollte, stellte sich vor, nahm meine Hand und küsste sie.

Der Besucher war Bill Warren, für mich eine ungewöhnliche Erscheinung weil, erstens, er war sehr elegant gekleidet und zweitens, ein Handkuss bei dem Amerikaner war keine übliche Sache.

Offensichtlich so schnell genommen, war ich überrascht.

Sowohl er als auch ich, haben erwartet eine andere Person zu treffen.

»Sind Sie bereit für die Reise nach Pasadena? Dann sollen wir schon wegfahren, bis dorthin ist ein langer Weg«, sagte Bill und schaute instinktiv oder absichtlich, auf seine Armbanduhr.

Selbstverständlich war ich fertig, mein kleines Gepäck wartete ruhig im Vorzimmer.

Ich zog meine Lederjacke an, Bill nahm mein Gepäck an sich, schloss die Tür der Wohnung und wir eilten zum Auto. Es war ein schwarzer Cadillac, relativ neu und geräumig, passend für eine große Familie.

Auf dem Weg nach Pasadena, Bill war nicht sehr gesprächig, sogar zurückhaltend, beobachtete eher den relativ intensiven Autoverkehr auf der Autobahn.

Er erwähnte, dass seine Frau Perry, zusammen mit seiner Tochter Sally auf uns zu Hause warten. Die Söhne Tom und Jason, sind mit einer Gruppe von Kollegen nach Hawaii geflogen. Es wäre möglich, dass Jason nach Pasadena kommt, um uns kennen zu lernen. Ich habe nicht verstanden warum, aber bitte sehr, es ist immer besser, wenn man nicht zu viele Fragen stellt.

Irgendwann später, fragte er mich, ob ich hungrig bin, es war schon Mahlzeit. Nein, ich war es nicht, meine Aufregung war groß.

Bill gab mir zum Verstehen, dass für das New Year's Eve zu einer Party von Freunden eingeladen sind, dort wird viel gegessen und getrunken, sodass wir unseren Appetit für den Abend reservieren sollten.

Ich fragte noch, ob für diese Party ein spezielles Outfit notwendig wäre, die Antwort war nein.

Schließlich erreichten wir das Haus in Pasadena. Nichts Ungewöhnliches, ein großes Haus eklektisch möbliert mit alten und neuen Möbeln. Zu bemerken war ein schöner Flügel, von dem gesagt wurde, dass er einmal Bill gehörte, jetzt aber Sally.

Perry empfing mich freundlich, zeigte mein Zimmer und fragte, ob ich einen Drink haben möchte. Ja, Wasser war alles, was ich mir wünschte.

Nachher saßen wir alle im Wohnzimmer. Sie wollten mehr über mich wissen, über meine Familie, meine Beschäftigung, mein Anliegen.

Muss zugeben ihre Neugier nur teilweise erfüllt zu haben, ich sagte nur das notwendigste. Die Wahrheit ist, dass ich es in der Regel nicht mag, zu viel über mich zu reden. Als Bill mehr Interesse an meiner beruflichen Tätigkeit zeigte, gab Perry Zeichen der Langeweile.

Ich begriff ziemlich schnell, dass Perry aus einer wohlhabenden Familie stammt, dass sie diejenige war, die das Geld in die Ehe brachte. Es war auch klar, dass, das Unternehmen geführt von Bill, die ehemalige Firma des Schwiegervaters ist.

Perry und Bill studierten beide in Berkeley, wurden Kollegen, dann ein Paar, Perry wurde schwanger, Bill musste sie heiraten und bekam einen saftigen Posten in der Firma des Schwiegervaters. So war es, Klassisch.

Vor kurzem beide Schwiegereltern verunglückten bei einem Autounfall, Perry erbte alles, Firma inklusive und zurzeit sah es so aus, dass Bill der Angestellte seiner Frau ist. Unstimmigkeiten vorprogrammiert?

Perry sah nicht schlecht aus, im Gegenteil. Sie war groß, schlank, blaue expressive Augen, perfekte Gesichtszüge, und feine Hände. Im Gegensatz zu ihrem Mann, wirkte sie ungepflegt und war nachlässig gekleidet.

Perry erzählte vieles über ihre Eltern, zeigte mir die von ihrer Mutter geerbten Porzellan-Services, brachte in Gespräch die unglückliche Ehe ihrer Cousine und von Zeit zu Zeit warf sie einen Blick in den Spiegel. Bill setzte sich an das Klavier und versuchte uns eine Chopin Sonate zu spielen. Nachher erzählte er mit viel Freude über sein Involvieren in das Jugendprogramm der adventistischen Kirche, wo er jede Woche einen Vortrag hält und ein kleines Konzert gibt.

Es war eine ganz normale und nette amerikanische Familie mit freundlichen und hilfsbereiten Mitgliedern. Ich fühlte mich gut, es war nicht angebracht Intelligenz noch Kultur zu zeigen, es war bequem die Warrens über ihre eigenen Angelegenheiten sprechen zu lassen. Sie genossen es gehört zu sein.

Auf einmal fragte Perry, ob ich von der Rose Parade gehört hatte. Ja, irgendwann hatte ich gehört, dass in Pasadena, jährlich am 1. Januar, die größte Parade Kaliforniens stattfindet, nur ich wusste nicht genau um was es geht.

»Es ist ein besonderes Spektakel und du sollst wissen, dass Bill kaum erwartet es wieder und wieder zu genießen. *He used to go every year.* «

Die Rose Parade oder die *Tournament of Roses Parade*, wurde am 1. Januar 1890 gegründet und in Pasadena begangen.

Es ist eine Wagen-Parade, geschmückt mit tausenden Rosen. Auch Pferde, Tänzer, Gymnasten, alles in sehr amerikanischen Still zu bewundern sind.

Die Parade ist gefolgt von einem amerikanischen Fußballspiel in Rose Bowl, es ist die *Rose Bowl College Football.*

»Möchtest du morgen Bill zu dieser Parade begleiten? Ich war einige Male und es reicht mir. Die Kinder sind an dieser Parade nicht mehr interessiert«, sagte Perry.

»Ja, ich würde gerne Bill zu dieser Parade begleiten, es wird mir eine große Freude machen «, antwortete ich.

»Ausgezeichnet, nur ihr müsst sehr früh aufstehen, so um sieben Uhr sollt ihr schon dort sein. Ich glaube es wird möglich, weil die New Year's Eve Party wird nicht so lange dauern, du wirst sehen, die Gesellschaft ist ziemlich langweilig. «

Die Einladung hat mich sehr gefreut, ich bekam die Gelegenheit etwas über die Sitten dieser Ortschaft zu erfahren, vor allem weil ich vermutete niemals mehr dorthin zu fahren.

Perry führte mich dann in das Gästezimmer, das jetzt meines war, ich zog schnell mein Pyjama an, legte mich auf die Couch und nickte für etwa zwei Stunden ein. Als ich aufwachte, gönnte ich mir eine belebende Dusche, versuchte mich für die Silvester-Party attraktiver zu machen und in guter Laune betrat ich das Wohnzimmer wo meine Freunde schon auf mich warteten.

Perry war in ein ausgeschnittenes somptuoses Kleid aus blauem Taft gekleidet, Bill trug einen Frack und Sally ein Mini rosa Kleid. Alle drei sahen sehr gut aus und haben mich mit einem breiten Lächeln empfangen, Beweis dafür dass sie sichtlich Begeisterung von über ihr eigenes Outfit fühlten. Ein wunderschönes Collier am Perrys Hals und eine auffallend kostbare Uhr am Bills Hand ergänzten den so elegantes Look beider.

Bei Perry hätte ich mir weniger Make-up gewünscht, der Kontrast zu ihrer weißen Haut war merkbar.

Mein Outfit war wesentlich bescheidener, eigentlich das einzige festliche Outfit, das ich hatte.

Ich trug eine weiße Trachtenbluse aus borangic – türkisch bürüncüc – bestickt mit weißem Seidenfaden, lange schwarze Hosen aus Seide, mit einem breiten hellbraunen Gürtel aus Leder. Ich hatte keinen Schmuck.

Für die festliche Wirkung sorgte die transparente Bluse mit dem ziemlich provokanten offenen Schlitz vorne. Aber bitte sehr, es war Silvesternacht. Geschminkt habe ich mich nicht, ich mag es sowieso nicht. Schwarze Stöckelschuhe aus Antilope und ein ebenfalls schwarzen Clutch ergänzte mein Look.

Über meine Erscheinung wurde kein Kommentar gemacht, weder gut noch schlecht. Glücklicherweise von irgendeinem Kompliment habe ich mich zurückgehalten. Ich spürte gleich, dass Komplimente nicht angebracht sind.

Es war der 31 Dez. 19...

Wir stiegen alle vier in das Cadillac und fuhren nicht lange, das Party- Haus befand sich ebenfalls in Pasadena. Beeindruckendes Haus in einer beeindruckenden Nachbarschaft.

Beim Eingang, zwei Security Personen durchblickten das Auto und beim grünen Licht konnten wir weiter fahren bis zur Einfahrt. Meine Gedanken begannen sich zu überschlagen und ich fragte mich, wo ich überhaupt gelandet bin?

Kurz darauf dürften wir aus dem Auto aussteigen. Die Gastgeber Jack und Elly, eilten in unsere Richtung um uns zu begrüßen.

Küsschen, »*How are you?, You are gorgeous , what a handsome Mann, darling, is going to be a splendid party, there are so many nice people attending it, we hope you will have a good time....*«, und viel mehr ähnliches.

Nach *Shake Hands* und Präsentation, Jack und Elly haben sicher mein Name vergessen, anschließend, von meiner Person wurden nicht mehr interessiert.

Die allgemeine Stimmung war gut bis sehr gut, ich sah mich um, um einen Sitzplatz zu finden, um mich von den Kellnern bedienen zu lassen.

Perry und Bill haben gleich mehrere Freunde gefunden und für kurze Zeit habe ich sie aus den Augen verloren. Sally wurde von Schulkollegen umkreist und verschwand irgendwo im *Ballroom*.

So alleine auf mich verlassen, war es nicht unangenehm, gleich zwei Kellner haben mich mit Getränke und deliziöse *„ mini éclairs au saumon"* verwöhnt.

Es wurde mir bereits gesagt, dass die meisten der Anwesenden, Wissenschaftler von der Caltech sein sollten oder Politiker und

Industrielle aus der Pasadena County. Es war also eine ganz elitäre Gesellschaft.

Plötzlich hörte ich eine lautstarke Stimme und dann eine Welle von Lachen von der rechten Eck des Vorzimmers kommend. Ich drehte mich um und sah Perry und Bill in Begleitung einer netten blonden Frau, sehr elegant, sogar schrill angezogen, so um fünfzig. Perry gab mir ein diskretes Zeichen zu ihr zu kommen. So wurde mir Lucy-Elenor vorgestellt, eine ehemalige Schulkollegin Perrys.

Als ich keinen besonderen Anteil an der Diskussion nahm, zog ich mich nochmals zurück, nahm einen Platz auf einen Coach und verwöhnte mich mit einen Glas Sekt. Das warme Buffet sollte nur so um 23 Uhr eröffnet werden.

Meine Augen drehten sich in alle Richtungen und schauten sehr neugierig die versammelte Gesellschaft. Mein Outfit kontrastierte irgendwie mit der erlesenen Eleganz der anwesenden Damen, ich trug kein Schmuck, sodass bei mir nichts Auffallendes zu beobachten war.

Trotz dieser formellen Komparation die sich in meinem Kopf entwickelte und nicht zu meinen Gunsten war, fühlte ich mich blendend.

Ich hatte einfach Spaß die eingeladenen Gäste anzuschauen. Ich amüsierte mich wie die Frauen ihre Männer neben sich halten, wie die Frauen Höhe Töne benutzten beim Lachen und den Kopf nach hinten drehten, um Aufmerksamkeit zu erringen.

Ich merkte noch wie Bill Perry zum Tanzen lud, wie Lucy-Elenor sich bemühte Bills Manschettenknöpfe einzuknöpfen, wie Bill anschließend mit ihr tanzte, wie Bill in meiner Richtung kommen wollte, nehme an mich zum Tanzen einzuladen und wie Lucy-Elenor ihm begegnete, um ihn ins Ohr etwas zu flüstern und wie anschließend beide tanzten.

Plötzlich vor dem Tisch, an dem ich so gemütlich saß, mein Glas Sekt genoss und mit gewisse Interesse das Geschehen im Saal verfolgte, erschien ein Herr mit weißem Haar, mit einen Stattlichkeit aber gleichfalls provokanten Auftreten.

Fragte mich, ob er sich an meinem Tisch setzen darf und ob ich erlaube, dass er mir Gesellschaft leiste. Stellte sich vor, er war Mike Hurst.

Ich antwortete gleich, dass seine Anwesenheit für mich mehr als *agréable* ist, was die reine Wahrheit war.

Ich sagte dass ich zusammen mit der Familie Warren gekommen bin und Mike antwortete dazu, dass er sehr gut diese Familie kennt indem er mit Perrys Eltern gut befreundet sei.

Wir haben uns vom Anfang an sehr gut verstanden, Mike erzählte mir einiges über die Geschichte Pasadena. Er schilderte mit Leidenschaft die Begebenheiten verbunden mit der Initiative der Organisation einer Rose Parade in Pasadena und einem Fußballspiels in Rose-Bowl von Pasadena.

Dann plötzlich, mit einem bezaubernden Lächeln und ein bisschen Ironie, verkündete er mit tiefstem Bedauern, dass er kein Tanzprofi sei, ansonsten hätte er mich als *Dancing-Queen* gekürt, so wie ich verdient hätte. Mike sagte dass von Anfang an seine Aufmerksamkeit von meinem schlichten Auftreten gefesselt wurde, dass er meine weiße Bluse bewundere, fragend von wo ich sie gekauft hatte? So kam ich an die Reihe, dem weißhaarigen Herr mit

Ereignissen aus meinem Land zu bezaubern und ich muss sagen, dass ich es mit so viel Enthusiasmus gemacht hatte, sodass wir bald von einer Menge weißhaarige Männer in Smoking umringt wurden.

Mein Auditorium lachte mit Tränen über meiner Witze, die ich noch in Erinnerung hatte und mit viel Verve erzählte.

Mitten in der Diskussion erschien Bill, um mich zu fragen, ob es mir an etwas fehlt und gelegentlich, wie könnte er mir behilflich sein. Ich bedankte mich höflich, ich brauche nichts, ich genieße eine ausgezeichnete Gesellschaft.

Meiner Meinung nach wollte er mich zum Tanzen einladen aber in der nächste Sekunde Lucy-Elenor stand hinter ihn, fasste ihn mit Kraft an und sagte »*Let's go and dance.*«

In Kürze die extravagante Wanduhr im Salon schlug Mitternacht, ankündigend das neue Jahr. Mein Tischbegleiter hob sich, nicht ohne Schwierigkeiten, ich auch, nahm mich fest in seine Arme, küsste mich leidenschaftlich einmal, zweimal und wir wünschten uns gegenseitig ein langes Leben und Erfüllung unserer Träume.

Ich war, offensichtlich, von diesem Sturm von Gefühlen überrascht, das hat sich bei mir gleich bemerkbar gemacht.

Als Mike eine gewisse Zurückhaltung bei mir bemerkte, sagte er mir, halb witzig, halb ernst.

»Dear Lilianne, wir summieren Dein Alter mit meinem, das macht achtzig, geteilt durch zwei macht vierzig und in Anbetracht der heutigem Lebenserwartung könnten wir noch vierzig glückliche Jahre zusammen leben, was meinst Du dazu?«

Und umarmte mich wieder leidenschaftlich.

Inzwischen erschienen auch andere Bekannte und Freunde von Mike. Wir hatten mit einem Glas Champagner angestoßen, gegenseitig einen guten Rutsch ins neue Jahr gewünscht. Schön langsam bekam das Gefühl das, der Seniorenclub des *Pasadena Tournament of Roses Association* war da. Inzwischen erfuhr ich dass mein so sympathischer Partybegleiter eigentlich der Präsident dieses Clubs war. Mit einer besonderer Galanterie Mike erklärte mir, dass er diesmal eine der schönsten *New Year's Eve* Party verbracht hatte und entschuldigte sich nochmals dass wir nicht gemeinsam tanzten.

Nach einer Weile erschienen Bill und Perry. Wir haben uns gegenseitig ein frohes neues Jahr gewünscht und nach ungefähr einer Stunde verließen wir die Party. Sally feierte weiter mit ihrem Freund und Freundeskreis. Bill fragte mich noch einmal ob ich an Rose-Parade teilnehmen möchte und wiederholte dass wir um 6:30 aufstehen müssen.

Mit diesen schönen Impressionen in meinem Sinn legte ich mich hin und in Sekunden bin ich eingeschlafen und träumte von Rosen.

Pasadena Rose-Parade 19xx

Um fix sieben war ich schon angezogen, ein paar Jeans, einen schwarzen Pullover, eine kurze Lederjacke und einen dicken Schal um meine Hals, na ja, auch wenn in Kalifornien, es war noch immer der erste Januar. Meine große Sorge war meine Kamera und die drei Filme dazu, die ich von L.A. mit brachte.

Bill wartete auf mich in der Lobby, in Jeans und Lederjacke war eine gepflegte Erscheinung und hatte wenig gemeinsam mit dem Herrn von Vortag. Strahlte vor Freude, dass wir zum Rose-Parade gehen. Wir nahmen uns ein frugales Frühstück, Kaffee und Croissant und machten auf dem Weg Richtung Colorado Boulevard, der Teils der einst berühmten US 66 war.

Bill nahm eine lange Leiter auf seine Schulter und begründete es so:

» Entlang der Route der Parade, die Zuschauer haben bereits seit gestern abends kampiert, Lagerfeuer angezündet und dort die ganze Nacht verbracht nur um einen besseren Platz zu ergattern. Seit einigen Stunden haben sich bestimmt noch viele Leute angesammelt und die besten Plätze sind bereits besetzt. Also um etwas aus der Rose Parade noch sehen zu können, muss man auf so eine Leiter klettern. «

Die Leiter war nicht so schwer, Bill meinte, er ist gewöhnt schwere Sachen zu tragen und außerdem da hilft ihm bestimmt der regelmäßige Fitnesstraining. Bill war heute ein komplett anderer Mensch. Er war gut gelaunt, freundlich und hatte so etwas wie Gesten der Obhut, des Schutzes gegenüber mich.

Wir brechen also auf und nach etwa einer halben Stunde hatten wir das Colorado Boulevard erreicht und dort versucht einen Platz zu finden von wo die mit Blumen bedeckten Wagen, Blaskapellen und Reitereinheiten am besten, von Leiter, zu sehen waren.

Ich stieg die eine Seite der Leiter, Bill stieg die Treppen der Leiter auf der anderen Seite und als er sah, dass ich ein bisschen wackelte, umarmte er meine Taille und hielt mich hautnah an sich.

Die Idee mit der Leiter bewies sich als ausgezeichnet, wir hatten einen exzellenten *View* über die Köpfe der Zuschauer, auf diesen Umzug, bis weit entlang des Boulevards. Ich hoffte gute Bilder zu schießen.

»Wenn du mal müde bist, bitte sag es mir. «

Wir stiegen von der Leiter aus und hatten noch ungefähr eine Stunde zu warten bis Anfang der Parade. Wir bewegten uns, Bill bemühte sich meinen Rücken zu massieren und meine Hände zu reiben. Mein Gesicht hatte ich zur Hälfte mit dem Schall bedeckt. Es blähte ein sehr kalter Wind.

Endlich, die Rose Parade begann. Bill erklärte mir Mengen von Einzelheiten über die dargestellten Allegorien aus Rosen aus jedem Wagen, über die Persönlichkeiten, die bei dem Umzug mitmachten, gehoben in prächtige Limousinen, über die Gruppierungen und Vereine die, die Parade unterstützten, über die Gruppen von Reitern, *Majoretten*, Blaskapellen, Repräsentanten von Universitäten und Kollegien und Repräsentanten von Gemeinden.

Alles war wunderschön, alles war prächtig, der Enthusiasmus von Bill war ansteckend, wir lachten, wir applaudierten, wir schrien, wir kommentierten im Einklang mit allen Zuschauern rundherum.

Nach ungefähr zweieinhalb Stunden hatten wir das Gefühl, das, die sehenswürdigsten Elemente dieser Parade waren vorbei.

Wir verließen also unseren, so geschickt ausgewählten Platz, Bill trug wieder seine Leiter auf der Schulter, hielten kurz beim McDonald an und bewegten uns eiligst nachhause. Hier angekommen, stellten wir fest, dass niemand auf uns wartete, das Haus war leer.

Perry wurde von einigen Freunden eingeladen und fuhr mit dem prächtigen Cadillac der Familie, Sally blieb bei ihrem Freund, also Bill schlug folgendes vor.

»Ich kann es mir vorstellen, dass du müde und hungrig bist, aber unser Silvester Programm ist noch nicht abgeschlossen. Folgendes. Du gehst jetzt in dein Zimmer, ruh dich ein bisschen aus, nachdem werden wir mit Sallys Chevy zu einem Restaurant fahren, um eine Kleinigkeit zu essen und von dort brechen wir gerade zum Rose Bowl ab, ok? «

Streichelte meine Haare und ohne irgendwelche Formalität, küsste er beschützend meine Stirn. Seit langer Zeit hat mich niemand mit so viel Wärme angesprochen.

So wie ich war, in Jeans und Pullover schmiss ich mich auf das Bett und im nächsten Augenblick befand ich mich schon im Imperium von *Hypnos und Morpheus.*

Ich hatte tatsächlich etwas geträumt, kann mich nicht mehr erinnern was, es war etwas Beruhigendes, etwas Schönes, etwas unbeschreiblich angenehm.

Plötzlich flüsterte jemand in meinem Ohr.

»Lilianne, wach auf, wir müssen abhauen. «

Als ich die Augen öffnete, traf ich das fröhliche Gesicht von Bill und seinen warmen Blick.

Auf schnelle Frisch gemacht, einige Gymnastik-Bewegungen ausgeübt und gleich hatte ich mich Fit für das Rose Bowl Spiel, deklariert.

Doch ein Wolfshunger quälte mich. Konnte einfach nicht verstehen wie die amerikanischen Hausfrauen sich so wenig um das Wollwollen der Gäste kümmern. Im Kühlschrank des Hauses war nichts Gescheites zum Essen zu finden.

Na ja, nicht alle sind so, aber soll ich euch, kurz, etwas Ähnliches erzählen.

Der Institutsvorstand, ein Inder, der Balakri, hatte einmal alle *Visitors* eingeladen, ein Weekend in seiner Villa am Lake Tahoe zu verbringen. Er war verheiratet mit einer Amerikanerin, Key, mit der er neun Kinder hatte. War Alleinverdiener in der Familie, die Frau kümmerte sich um die Kinder. Ich glaube sie besuchte irgendwann ein Kollege und so hatten sie sich kennengelernt, aber eine ordentliche Beschäftigung hatte sie nie. Sie brauchte es auch nicht weil man hat an der Uni gemunkelt, dass ihr Vater Beteiligungen an mehreren Ölquellen in Texas besetzte.

Key als Person wurde mir gleich unsympathisch. Dick, angezogen im befleckten Kleid, mit nach hinten gebundenen Haar, sie begrüßte uns aufs schnelle mit einem Lächeln und verschwand in der Küche.

Eine Stunde später saßen wir alle, *Visitors*, Eltern und Kinder rund um den Tisch bei der Veranda. Die Gastgeberin stellte in der

Mitte zwei Pfannen mit gegrillten Fleisch, drei Schüsseln mit rohen Salat und drei Teller mit gekochten Kartoffeln. Familienmitglieder waren so hungrig, dass sie sich als erste bedienten ohne auf uns, Visitors, Rücksicht zu nehmen. Wir nahmen alles ganz locker an und teilten uns die gebliebenen Kartoffeln und Fleisch, weil Salat alle war. Gut das der Aufenthalt, wegen schlechten Wetters, nur bis am nächsten Tag gedauert hat.

Aber jetzt, kehren wir zurück zu meiner Pasadena Odyssee.

Wie schon angedeutet, stiegen wir in einem ziemlich alten Chevy ein und als erste besuchten wir ein chinesisches Restaurant. Sehr gutes Essen gleich fühlte ich mich besser.

Bill erklärte mir mit Luxus an Details, die Geheimnisse amerikanischen Fußballs, wer waren die Fußballmannschaften, die Fußballtrainer, die Kicker und was sollte ich während des Spiels beobachten.

Erzählte alles mit viel Leidenschaft, freute sich riesig dass, endlich, jemanden gefunden war der zuhört und nimmt richtig Teil an den ganzen Spektakel. In den letzten Jahren ist er immer alleine gegangen. Im Laufe des Spiels sprang, gestikulierte und klatschte er voll Freude, unkontrolliert nahm er mich in seine Armen, drehte sich links und rechts, sprach auch andere Zuschauer an, kommentierte mit lauter Stimme und zeigte sich komplett anders als ein Tag davor.

Nach dem Spiel, besuchten wir eine Bar, um etwas zu trinken bevor wir nachhause kehrten. Ohne mir irgendwelche Einzelheiten zu erzählen, Bill gab zu, dass er so spät wie möglich nachhause kehren möchte.

Dann, erzählte er mir dass die 15- jährige Sally anstelle zu lernen und regelmäßig zur Schule zu gehen, um für sich eine Zukunft aufzubauen, eher bei den Partys in Gesellschaft zweifelhafter Freunde zu sehen ist.

Auch mit dem Sohn Tom ist er nicht zufrieden. Es ist wahr, er arbeitet fleißig in Bills Firma und könnte ab einem bestimmten Zeitpunkt die Firma komplett übernehmen, hat als Freundin eine seltsame Kreatur die sich nur um Mode kümmert und ist äußerst verschwenderisch. Das einzige Kind, das ihm ähnelt, ist sein Sohn Jason, der sich zurzeit in New York aufhält und vorbereitet ein PhD in Jus. Er ist vertrauensvoll, will etwas in seinem Leben erreichen, er ist sein Freund. Ich hielt mich von jedem Kommentar zurück.

Am nächsten Tag saßen wir gemeinsam, Perry, Bill und ich beim Frühstück und erzählten über die Eindrücke der Geschehnisse von Vortag.

Perry sagte, dass sie in einer Woche Geburtstag feiert und sie möchte mich zur Geburtstagsfeier einladen.

Die Feier findet in Santa Barbara statt wo die Familie ein Weekend Haus, gleich am Strand, besitzt. Einzelheiten über die Fahrt dorthin werden noch zu besprechen sein.

Ich muss zugeben, dass diese Einladung mich überrascht hat, merkte aber, dass Perry es vom ganzen Herzen gemacht hat. Selbstverständlich, dass ich die Einladung annahm.

Gleich danach verabschiedete ich mich von Perry und Sally, nahm mein Köfferchen und stieg in den Cadillac ein.

Bill fuhr mich nachhause, nach L.A., mit einen ganz kurzen Stopp beim Depot von Allegorischen Rose Parade Wagen.

»Siehe Lilianne, alle diese Wagen sind das Resultat von mehreren Monaten intensiver Arbeit beim Entwurf und dann Züchten von so vielen Blumen, die genau am Tag X frisch, angewachsen und passend aussehen sollten.

Heute, nach nur einen Tag, die Blumen geben Zeichen von verfallen, viele sind in der Nacht eingefroren, alles ist so traurig, es ist so wie im Leben, alles Schöne vergeht sehr schnell. Ich freue mich dass ich dich kennengelernt habe. Nehme es mir nicht übel aber, beim New Year's Eve Party meine Blicke sind ständig in deine Richtung gerutscht und ich hätte mir vom ganzen Herzen gewünscht, Teil der Gesellschaft rund um dich zu sein. «

Ich wurde unsicher, keine Reaktion meiner Seite, dachte es ist womöglich eine übertriebene Höflichkeit.

Wir haben uns wie zwei gute Freunde verabschiedet, geküsst, eine erfolgreiche Woche gewünscht, Bill stieg in sein Auto und war weg.

In der kommende Woche hatte ich so vieles zu tun, ich war von allen meinen Sorgen und Problemen dermaßen beschäftigt, dass in meinen Gedanken die Warren Familie in die weite Ferne rutschte.

Ohne die Einladung nach Santa Barbara hätten wir voneinander wahrscheinlich niemals mehr gehört.

Santa Barbara

Wo bin ich geblieben? Aha, ja, beim,

»Ohne die Einladung nach Santa Barbara hätten wir voneinander niemals mehr gehört. «

Das Wochenende ist gekommen. Wie versprochen, Bill rief an und holte mich ab. Er war alleine und steuerte den Chevrolet. Perry und Sally waren schon unterwegs nach Santa Barbara mit dem großen Cadillac.

Der Weg entlang Pacific Coast Highway war ein Traum und ich ließ mich von Sonne und Meer verführen. Bill wollte Einzelheiten über meine Beschäftigung in der vergangenen Woche wissen, meine ausweichenden Antworten haben ihn überzeugt, dass es besser wäre zu schweigen und mich meinen Gedanken und Gefühlen zu überlassen.

Wir fuhren Malibu, Ventura, Toro Canyon vorbei und nach ungefähr zwei Stunden erreichten wir Santa Barbara wo Perry und Sally bereits auf uns warteten.

Das Haus lag etwa 30 m vom Strand entfernt. Es war ein alter, einstöckiger Haus aus Holz und es strahlte einen gewissen Charme. In den großen Living Room, auffallend war nur der eindrucksvolle *Cheminée*, für den Rest, gestapelten sich alte Möbel aus Kolonialzeiten und viele, sehr viele eingerahmte Familienfotos hingen an den Wänden.

Das Haus gehörte einmal Perrys Eltern, die jetzige Besitzerin ist alleine Perry.

Doch Perry mochte das Haus nicht. Ihr Geschmack ging mehr Richtung Modernität, so viel Gerümpel, wie sie es bezeichnete, langweilten sie. Eigentlich Perry zeigte sich fast die ganze Zeit gelangweilt und zimperlich. Der Staub auf dem Möbel störte sie nicht. Legte sich für paar Minuten auf den Coach in Living Room, schaltete TV ein, dann aus, Letzt endlich dachte sie, dass wir hungrig sein könnten, was die reine Wahrheit war, und schlug vor, wir sollten ein Restaurant in der Nähe besuchen.

Vorschlag mit großer Begeisterung angenommen.

Ich bemühte mich die Atmosphäre ein ganz bisschen zu erwärmen, mit meinen kleinen Kommentaren, über alles was existiert und was nicht existiert, doch sehr erfolgreich war ich nicht.

Auf alle Fälle das Essen war ausgezeichnet, Meeresfrüchte Salat und Joffre als Dessert.

Am nächsten Tag wachte ich ziemlich früh auf, im Haus herrschte totale Ruhe, sodass ich mir schnell meine kurze Hosen und ein T-Shirt anzog und eilte, barfuß, Richtung Beach. Es war Mitte Januar, die Sonne versuchte sich eben am Horizont über die Berge zu zeigen, der Ozean war verhältnismäßig ruhig, nur kleine Wellen erreichten das Ufer aber diese unheimliche metallische Strahlung des Wassers stach mich irgendwie, dass es mir plötzlich so schwindlig wurde. Ich wurde überwältigt von Licht und Geräusch.

Nicht weit weg, ein Schiff-Wrack voll Rost, gestrandet nach irgendeinem Sturm, lud dein Vorstellungsvermögen, um an seinen glorreichen Tagen zu denken. Die jetzigen Besitztümer waren die Möwen.

Angefangen von der Aussicht zum Ufer, putschte ich mit meinen Füßen ins kalte Wasser und bewegte mich Richtung Wrack, als mich jemand umarmte und ins Ohr flüsterte.

»Guten Morgen. «

Für einen Moment habe mich erschreckt. So vertieft in meine Gedanken, wie ich war, habe die Schritte hinten nicht gehört. Es war Bill.

»Es sieht so aus, du bist sehr früh aufgestanden, hast du nicht gut geschlafen? «

»O ja, gut geschlafen habe ich schon, aber ich wollte den Ozean in Morgenlicht sehen. Was ist mit diesem Schiff? «

»Bitte glaube mir, ich weiß es nicht, es scheint so, als wenn es vor vielen Jahren, nach einem Erdbeben, von den erzeugten Tsunami ans Ufer gespült wurde, niemand hat den Besitz reklamiert und so ist es hier geblieben.«

Im Haus trafen wir Perry, heute besser gelaunt, in Pyjama und mit struppigem Haar. Sie hatte für uns je eine Portion *Ham and Eggs* und Pfannkuchen gekocht. Es herrschte eine sehr angenehme Stimmung, es wurde gescherzt, Bill zeigte sich topfit und umarmte liebevoll seine Frau.

Heute ist Ihr Geburtstag. Ich erfuhr gleich, dass heute eine Geburtstagsfeier in einem Restaurant in Santa Barbara County stattfinden soll und, dass bei diesem Abendessen Bekannte und Freunde der Familie Warren eingeladen wurden.

Weil Perry und Sally ein Termin beim Friseur hatten, fragte mich Bill ob ich ihm nicht begleiten möchte zu einem Rundtrip Santa Barbara.

Mit viel Freude habe ich das Angebot angenommen, ich wusste, dass Bill ein wunderbarer Guide ist.

Wir fuhren quer durch Down Town Santa Barbara, entlang State Street und Waterfront und bewunderten die Palmenarten und die wunderschönen *Homes*. Das ganze Santa Barbara County ist von einen spanischen Flair geprägt.

Und so, eine Stunde später, befanden wir uns vor der Kathedrale Santa Barbara Mission. Bill begann zu erzählen.

Die früheren europäischen Siedler die diese Ortschaften im XVI Jh. erreichten, waren eine Gruppe von Spanier geleitet von einem gewissen Juan Cabrillo, de facto ein Portugiese, gefolgt von einer anderen spanischen Gruppe.

Die Spanier hatten dieses Gebiet, Santa Barbara genannt. Die Überraschung der Spanier war groß, als sie die ersten Chumash Siedlungen getroffen hatten. Man berichtet, dass im siebzehnten Jahrhundert lebten und wohnten hier noch etwa zehntausend Chumash. Im achtzehnten Jahrhundert die Spanier hatten diese Territorien endgültig kolonialisiert, Missionare stürmten das Land, das Christianisierung von Chumashen begann und deren Kultur wurde zerstört. Anfang neunzehntes Jahrhundert entstanden die ersten Chumash - Reservate und 1965 starb der letzte Chumash, der noch die Chumash Sprache gesprochen hatte. Heutzutage man versucht die Revitalisierung der Chumash - Kultur und eine Wiedereinführung Chumash Dialekten in der Sprache einiger Familien mit Chumash Abstammung.

Bill erzählte weiter.

Eine Rebellion der Chumashen gegen den Spanier, mit der Forderung die Spanier sollen das Land verlassen, findet nur im Jahr 1821, genau hier vor dieser Kathedrale, der bekannt ist als Mission Santa Ynez oder Mission La Purissima.

Man erzählt, dass aus irgendeinen Grund wo immer, der König von Spanien, Ferdinand VI, verweigerte den Missionaren und Kolonisten die weitere materielle und militärische Unterstützung und diese, frustriert, intensivierten die Ausbeutung der Einheimischen. Es gab mehrere Auseinandersetzungen zwischen Chumashen und Spaniern aus der mexikanischen Armee, es waren Tote auf beiden Seiten. Noch dazu ein Erdbeben gefolgt von einem Tsunami, im Jahr 1812, hatten die Missionen und einen großen Teil der Stadt zerstört. Man erzählt, dass damals, ein Schiff bis an das Ufer des Refugio Canyon gespült wurde.

Einige Jahre später fand die Säkularisierung der Missionen statt.

Die Grundstücke der Franziskaner Mönche wurden an die Siedlerfamilien verteilt und so begann die Zeit der großen Kalifornischen Ranchen. Als man Öl in Summerland und Offshore entdeckt hatte, begannen die Urbanisierung und die außergewöhnliche Entwicklung dieser Region. Katastrophen, wie das Erbeben im Jahr 1925 oder die vernichtenden Brände in den Jahren 1977 und 1990 konnten diese Entwicklung nicht stoppen. Das milde Klima, die Schönheit atemberaubender Landschaften, die kalifornische Sonne, die kalifornische Atmosphäre bringen hier Touristen aus der ganzen Welt. Ich glaube, dass du weißt das Mitte XIX Jh., durch den *Treaty of Peace, Friendship, Limits and Settlement between the United States of America and the Mexican Republic* , gefolgt von gewissen Verhandlungen, Kalifornien, zusammen mit New Mexico, Arizona,

Nevada, Utah, Wyoming, Colorado, Kansas und Oklahoma wurden Vereinigten Staaten zugesprochen.

» Alles was du erzählst ist so spannend und es ist nicht zu übersehen, wenn du über die Chumashen sprichst, deine Stimme vibriert. Bist du einer von denen? «

» Gewiss, ein bisschen chumash Blut fließt schon in meinen Adern. Aber das ist eine lange und schmerzhafte Geschichte, möchte darüber nicht reden«, sagte Bill und blieb für paar Minuten nachdenklich.

Dann blickte er auf seine Uhr, schaute irgendwie verwirrt in alle Richtungen und sagte, dass er glaube Perrys Verschönerungssitzung beendet sei, wir sollten schön langsam nachhause fahren.

Er nahm meine Hand und zieht mich auf die Treppen aufwärts bis vor die Eingangstür der Mission. Wir drehten uns um, mit dem Rücken zur Kirche.

» Siehst du, dort unten befindet sich die von den Chumashen im Jahre 1806 gebaute *Lavanderie*. Weiter, in den Friedhof, den du siehst, sind ungefähr viertausend Chumashen begraben. «

Bill umarmte mich mit einem Arm und mit den anderen zeigte in der Richtung des Ozeans.

»Und jetzt Lilianne, schau gerade nach vorne, dort weit weg, kannst du einen Punkt sehen? «

» Nein, ich sehe nichts, von was für einen Punkt soll die Rede sein? «

»Dort, weit weg ist die Insel Santa Cruz, eine der sogenannten Channel Islands die sich entlang der Küste erstrecken.«

» Nein, es tut mir leid, ich sehe nichts, oder soll ich mit offenen Augen träumen, benommen von deiner Fantasie und begeistert von deinen Erzählungen? « antwortete ich, mit einer subtile Ironie in meiner Stimme und schaute Bill in die Augen.

Blitzartig nahm er meinem Kopf in seiner Hand, drückte ihn zu ihm und küsste mich lang und leidenschaftlich.

Es folgte ein Augenblick der Verwirrung von uns beide, ich fühlte mich durcheinander und versuchte mich loszulösen aus seinen Armen.

»Bitte mich zu entschuldigen, es hätte nicht geschehen sollen, aber du bist ja so schön in deiner kindlichen Unschuld. Ich habe das Gefühl ich muss dich beschützen. *I promise, it won't happen again.* «

Wir machten uns auf dem Weg zum Auto, erreichten das Haus wie zwei gute Freunde als ob nichts geschehen wäre, ist aber wirklich nichts geschehen?

Nein, es geschah nichts Spektakuläres, aber beide verheimlichten wir ein kleines Geheimnis, das Geheimnis eines Augenblicks, in dem man sich verliert, in dem man vollständig von Emotionen eingenommen ist und nachdem kann alles oder überhaupt nichts passieren.

Perry sah strahlend aus, es würde ihr guttun öfters einen Beautysalon zu besuchen. Sie brachte mit, eine *Pizza deliciosa*, von der jeder ein ganz kleines konventionelles Stückchen bekam.

Perry war wesentlich gesprächiger als bislang.

»Meine liebe Lilianne ich möchte dir das weitere Programm schildern. In etwa zwei Stunden werden einige gute Freunde von uns auftauchen. Meine ehemalige Schulkollegin Lucy-Elenor kommt gemeinsam mit ihrem Sohn Greg. Unsere guten Freunde Mary und Mike Hirst sind ebenfalls eingeladen. Bis zu ihrer Einkunft, du kannst dich ein bisschen, in deinem Zimmer, ausruhen, ich glaube, Bill hat dich überfordert mit seiner Leidenschaft für die Geschichte. «

Überglücklich, dass ich mich in einem Bett finden konnte, schloss meine Augen und stürzte gleich in einen tiefen Schlaf. So wie in Pasadena, Bills Stimme wachte mich später auf:

Um ehrlich zu sein, nach den angenehmen Rundgang um Santa Barbara County, wäre es mir lieber gewesen zu Hause, im Bett zu liegen und träumen, träumen, träumen. Ich musste mich aber dem angekündigten Programm beugen.

Ich wusste nicht, wo und zu welchem Restaurant wir gehen werden, also ich hatte mir einen informelles und unpersönliches Outfit ausgedacht, ein kurzes Kleid ohne Ärmel, aus schwarzen Taft gemustert mit vielen kleinen Blumen, dazu einen schwarzen Bolero ebenfalls aus Taft, mit langen Ärmeln.

Schlecht sah ich nicht aus, die Farbe Schwarz passt sehr gut zu meiner weißen Haut. Außerdem streiten über meinem Outfit wäre unangebracht weil, meine Garderobe war ja sowieso nur auf das notwendigste reduziert.

Mein Hair style? Weil ich vormittags auf Sightseeing mit Bill war und keinen Friseur besucht hatte, trug ich mein lange lockiges Haar, frei auf meine Schulter. Ich glaube, niemanden hat das gestört.

Die ersten, die angekommen sind, waren Mary und Mike.

Ich wurde angenehm überrascht in Mike die Person der sympathischen Herren, mit dem ich mich so ausgiebig unterhalten hatte am New Year's Eve, zu entdecken.

Die Idee, an einem Tisch mit zwei ältere Herren zu sitzen, jeder charmant in seiner Art, von jedem mit einem geheimen leidenschaftlichen Kuss verbunden zu sein, hat mich köstlich amüsiert. War es wirklich bedeutend, ob meine Haare gestylt waren oder nicht? Nein, nicht und es hat sich gleich bestätigt.

Mike drückte mir die Hand und umarmte mich freundschaftlich. Schaute mich an, steckte seine Nase in meine Haare und flüsterte in mein Ohr.

»Hi Lilianne, wo warst du, deine Haare riechen von so etwas von *frécheur, vent, soleil*? Bill hat mich gewarnt dass ich dich hier treffen werde und offen gesagt ich war *enchanté*«.

Also schau, nach kurzer Zeit habe erreicht interessante Leute kennenzulernen, die auch Freunde *à la Kalifornien* werden könnten, gutes Zeichen für mich. Merkwürdig, Mary, die Begleiterin Mikes, hatte bislang kein Zeichen der Ungeduld gezeigt.

Endlich, sie wurde mir vorgestellt, es war Mary, die Schwester Mikes, Wissenschaftlerin, arbeitet am Institut für Archäologie der UCLA.

Ich habe mich gleich besser gefühlt, Mary war also die Schwester und nicht die Frau von Mike, perfekt, perfekt. Übrigens, sie hatte sehr anständig ausgeschaut.

Kurz danach, tauchten Lucy-Elenor und ihr Sohn Greg auf. Küsschen, Umarmung, » *How are you, Great thanks, Nice to meet you*«, hat sich an mich erinnert, also alles bestens. Sie hatte viel

Lärm mit sich gewonnen, als wäre sie Mittelpunkt des Treffens und fragte gleich Perry um das Programm des Abends.

»Wir werden mit drei Autos Richtung Cachuma Lake und dann Santa Ynez Valley fahren. Unterwegs, werden wir einige Winzer besuchen, um gute Kalifornische Weine zu degoutieren, und dann bei einem *estate Winery* anzuhalten, wo Bill bereits das Abendessen gebucht hat. «

»Ja, wir werden Los Olivos fahren, wo ich ein Tisch beim Wine Merchant & Café reserviert hatte. Man sagt, die bieten beste Weine aus Zentralkalifornien an«, bekräftigte Bill.

»Wunderbar, ich kenne das Restaurant, ich war letztes Jahr in Los Olivos mit…«, explodierte Lucy.

Gleich danach fragte Perry:

»Warst du in Los Olivos? Ich hatte es nicht gewusst, hast mir niemals etwas darüber erzählt? «

Man versuchte gleich diesen Vorfall zu vergessen und wir beeilten uns in die Autos einzusteigen.

Es gibt nicht etwas Reizvolleres als die Santa Ynez Valley mit seinen unzähligen auf große Flächen verteilten Weingärten, mit ihrer großen Vielfalt an Weinsorten und wo die exzellenten Kalifornischen Weine produziert werden. Du hast plötzlich das Gefühl, dass alles das sich vor deinen Augen entfaltet für deinen Genuss geschaffen ist, du fühlst dich besonders vom Schicksal verwöhnt.

Als wir Wine Merchant erreicht hatten die Kellner warteten bereits auf uns vor dem Etablissement mit „VeuveClicqot" gefühlte Sektgläser.

Der festlich gedeckte Tisch wurde draußen im Garten gestellt, in ein Ambiente von Blumen und Palmen. Es war unglaublich schön.

Bill hielt sein Glückwunsch Ansprache mit viel Gefühl, es folgte das bereits so international gewordenes Lied *Happy Birthday to You*, danach Blumen, Küsschen, Glückwünsche, etwa Tränen und wieder Sekt.

Am Tisch, Perry saß zwischen Bill und Sally, Lucy zwischen Bill und Mary, Mike zwischen Mary und ich und Greg zwischen mich und Sally. Ausgezeichnetes Fünfgänge Menü in kleine Portionen, wie es sich gehört und bei jedem Gang eine passende Weinbegleitung.

Bill versuchte seine Frau Perry zu hofieren, doch es war nicht zu übersehen dass Perrys Augen eine gewisse Traurigkeit verheimlichten. Am Tisch, Lucy war die Tonangeberin. Sie bewies eine äußerst energische Frau zu sein, sehr autoritär, auf dem Laufenden mit allen politischen Neuigkeiten, und alle Cancans und *Gossips* L.A. Sie besaß einen Antiquitätenladen, war sehr oft auf Geschäftsreisen in ganz U.S.A., nahm teil an Auktionen und selbstverständlich dass sie über sehr viele Kontakte verfügte und hatte vieles zu erzählen. Lucy wollte alle Möglichkeiten benutzen um alleine, sie und nur sie zu strahlen.

Manchmal, als Perry das Wort ergreifen wollte, Lucy konterte unhöflich und dass zum Missfallen von Bill.

Noch etwas. Lucy zeigte eine Neigung zu den alkoholischen Getränken, sie wurde dann gleich Plappermaul und rückte unbemerkbar entweder zum Mike oder Bill.

Mike genoss Still das Essen und die Weine und mischte sich in die Diskussion nur dann ein wenn Lucy irgendeine archäologische Absurdität beteuerte. Mary, als Archäologin, war immer auf Mikes Seite und brachte sehr interessante und logische Argumente.

Wir hatten eine angenehme Stimmungslage, der Sonnenuntergang, der Duft der Blumen, der sich in Luft auflöste, die guten Weine haben maßgeblich dazu beigetragen.

Plötzlich fragte mich Mike:

»Lilianne, vor kurzem hast Japan besucht, wie hat es dir gefallen? «

»Ja, es ist ein äußerst interessantes Land mit besonderen Sitten, die für uns nicht immer so verständlich sind. Ich nahm an einen Kongress in Osaka teil, hatte auch Nara und Kyoto besucht. Wollte bis nach Tokio fahren, hatte bereits ein Fahrschein gekauft, aber ein Hurrikan wurde für den nächsten Tag gemeldet und vorsichtshalber entschied ich mich nicht mehr dorthin zu fahren. Sehr interessant, für uns eine andere Welt. «

»Ich merke bei dir eine gewisse Zurückhaltung. «

»Ja, etwas Wahres ist dran. Diese äußerst dominante Disziplin in allen Teilen des Lebens ist für uns, Europäer sehr schwer zu begreifen. Manchmal ist man begeistert, manchmal hält sich die Begeisterung in Grenzen. Gewisse Sachen sind präziser als bei uns, finde sie wunderbar. Ein Beispiel. Du hast eine Fahrkarte für den Shinkansen gekauft, darauf steht die Nummer deines Wagons, diese Nummer findest du auf dem Boden des Bahnsteigs und...*fatalité*, der Shinkansen bringt deinen Wagon genau auf diese Position. Der Schaffner mit weißen Handschuhen, der sich beugt, der Bankangestellte mit weißen Handschuhen, die TV Moderatoren die sich beugen und viel mehr. Ich verstehe überhaupt nicht wie, historisch gesehen, diese Verbeugung entstanden könnte. Hat nur mit Höflichkeit zu tun oder ist es ein Überrest von hunderten von Jahren der Unterdrückung? Eine Gesellschaft die in Namen der Perfektion, hartherzig mit ihren Mitgliedern ist. Erstaunt stand ich vor der grandiosen Burg von Osaka, fasziniert wurde ich von den unzähligen Shreins und bin ein bisschen nostalgisch gewesen, denkend an Cio-Cio-San, als ich die kleinen Japanerinnen versteckt von Sonnenschirmen erblickte. «

»Was kann ich noch sagen, wir achten den Japanern für das, was sie nach dem Zweiten Weltkrieg erreicht hatten, es ist ein sehr fleißiges Volk. «

»Ja, du hast recht. Doch wenn man dort einige Zeit verbringt und die Gesellschaft beobachtet, man merkt auch die Kehrseiten, manchmal sogar die Absurditäten einiger Anforderungen japanischer Etikette. Ich wurde wahrscheinlich beeinflusst von der Schwierigkeit mich in der Stadt zu orientieren weil größten Teils die Beschriftungen japanisch waren.

Soll ich euch eine lustige Begebenheit erzählen?

Ich wohnte in Osaka International House. An dem Nachmittag, hatte ich die Absicht, den Bezirk Namba zu besuchen. Um das Thema U-Bahn Fahrkarte zu lösen, begab ich mich zu einer Zentralen englischsprachigen Stelle für Touristen und kaufte zwei Karten: von der Station A zur Station B und von Station B zur Station A. Alles was ich auf diesen Tickets lesen konnte waren die Zahlen, also die Preise, selbstverständlich gleich. Den Rest konnte ich nicht verstehen, weil in japanischer Schrift. Machte mir keine Sorgen, weil meine Hin und Rückfahrt nur zwischen diesen beiden Statio-nen, mit der gleichen U-Bahn war, mich nicht erinnern kann, ob mit dem blauen oder roten.

Perfekt, ich trat auf Station A ein, entwertete eines der zwei Ti-ckets, fuhr bis Station B, stieg aus der U-Bahn aus, entwertete das gleiche Ticket beim Ausgang, alles bestens, alles funktionierte ta-dellos. Anschließend verbrachte ich einen wunderbaren Tag in Namba.

Voll Impressionen, zu einem bestimmten Zeitpunkt sagte ich mir, dass ich genug gesehen hatte und dass es Zeit wäre zurück zum Hotel zu kehren.

Stieg also in die U-Station B ein, entwertete das zweite Ticket, das ich hatte, geht aber nicht. Das Ticket wurde ausgestoßen. Ich versuchte noch einmal, das gleiche Resultat. Der Supervisor vom Schalter-Kabine hatte den Fall bemerkt, präsentierte sich gleich, nahm das Ticket aus meiner Hand, versuchte es zu entwerten, ging nicht.

Der Supervisor schaute mich komisch an, ich versuchte ihm, auf Englisch selbstverständlich, etwas zu erklären, er verstand nicht, nahm das Ticket, trat in die Schalter-Kabine und kehrte mit einem Kollegen, Supervisor Nr. 2, der etwas Englisch verstand zurück. Ich versuchte ihm zu erklären, dass ich Station A erreichen möch-te, dass ich gleich zwei Tickets für die Strecke A nach B gekauft hatte, dass ich von A nach B problemlos fahren konnte, aber jetzt, mein Ticket ist nicht mehr akzeptiert. Warum?

Supervisor Nr. 2 nahm das Ticket, trat in die Schalter-Kabine, schaute sich etwas an den Computer an, und kam triumphierend zurück.

Der Preis stimmt, sagte er. Vielen Dank, das wusste ich bereits, aber wie komme ich mit diesem Ticket zurück nach Station A?

Ich zeigte das erste Ticket.

Wieso konnte ich von A nach B mit diesen Ticket, problemlos, fahren, ich habe ja beide Tickets zeitgleich gekauft?

Supervisor Nr. 2 schaut sich dieses Ticket an, dann das erste und nach so etwas fünf Minuten Überlegung, explodierte er mit der genialen Erklärung.

Auf jedem Ticket steht Abfahrt und Ankunft Station und die Preise sind gleich. Der Fehler war, dass ich von A nach B mit dem Ticket B nach A gefahren bin und nun habe ich das Ticket A nach B und dieses kann für die Strecke B nach A nicht benutzt werden. Supervisor Nr.2 sagte emotionslos, dass hier perfekte intelligente Automaten sind und ich muss ein ordentliches Ticket kaufen.

Ich erwiderte gleich. Als ich für die Fahrt A nach B ein falsches Ticket, also von B nach A, benutzt hatte, wieso wurde das akzeptiert?

Supervisor Nr. 2 hatte nun kein Gegenargument mehr gehabt, wurde nachdenklich, offensichtlich geschockt in seiner Perfektion und sagte, dass ich nach A fahren darf, weil ich korrekt bezahlt hatte!

Es folgten jetzt die Schritte für meinen Transfer nach A.

Supervisor Nr. 2 von B ruft Supervisor von A an, sagt es kommt eine Frau, blaue Augen, lange Haare, Europäerin, öffne die Barriere. Ich stieg in den ersten Zug nach A, kam gut an in der Station A, Supervisor von A beugt sich vor, öffnet Barriere und...die Welt gehörte wieder mir, ha, ha!

Nun wo lag der Fehler? So gesehen war ein Konvolut von unvorhersehbaren Elementen, ausgelöst durch meine Unkenntnis japanischer Schrift und Sprache doch ich glaube, dass der eigentliche Fehler war, das beide Tickets für die Strecke A nach B gültig waren. «

Mike hat sich köstlich amüsiert, fragliche Augen merkte ich beim Bill, Perry und Lucy haben den feinen Humor der Situation nicht begriffen und die jungen Leute haben sich sicher gelangweilt.

»Lilianne du kannst wunderbar erzählen, aber wir sollen das „japanische Wunder" der Zivilisation und Entwicklung nicht vom einfaches Erlebnis in irgendeine unbedeutende U-Bahn-Station messen«, intervenierte Bill.

Mike war auf meiner Seite und blickte mich liebevoll an.

» Liebe Lilianne, deine Erzählungen sind so spannend, möchte öfters die Gelegenheit bekommen, mit dir zu plaudern. «

» So wie beim New Year's Eve Party, « sagte ich mit Koketterie.

»Nein, noch mehr « und Mike schaute mir tief in den Augen.

Man überging diese Worte, währenddessen Lucy ins Glas schaute und Perry ebenfalls.

Etwa später, da die Gesellschaft Müdigkeit zeigte, so entschied man sich das Lokal zu verlassen und nach Hause zu fahren. Alle wurden von Perry und Bill, in ihrem Haus am Meer, zur Übernachtung eingeladen.

Am nächsten Morgen, bevor das Breakfast serviert wurde, benutze ich die Gelegenheit um auf der eine Promenade am Ufer des Ozeans zu gehen. Es war mir ein Bedürfnis den feuchten Sand unter meinen Füßen zu spüren und den Klang der Wellen zuhören. Zu meiner Überraschung erblickte ich in der Ferne Mike. Er joggte fleißig, hat mich gesehen und eilte in meine Richtung.

» Lilianne, dass was ich gestern abends gesagt hatte ist wahr, ich möchte dich, vom ganzen Herzen, treffen.

Glaubst, ist es möglich? «

Ich muss zugeben, dass mir seine Anwesenheit sehr angenehm war, wir beide hatten immer etwas Lustiges, etwas Interessantes zu sagen, sodass die Idee ihn wieder zu begegnen reizend war.

» Ich werde dir meine Telefonnummer geben. Jetzt sollen wir aber nach Hause zurückkehren, ich sehe Bill und er macht ein Zeichen von Ungeduld. «

»Ja, sollen wir zurückkehren, Bill wartet auf uns vor dem Haus, ich habe das Gefühl er hat ein Auge auf dich geworfen, sag nichts, ich weiß von wo ich spreche. «

Diese Bemerkung von Mike hat mich überrascht und gewissermaßen auch verängstigt. Ich befand mich im Haus meiner Freunde, ich wurde zum Geburtstag der Frau Warren eingeladen, ich wollte unter keinen Umständen ein Objekt unangenehmer Diskussion werden.

Es ist ja im allgemeinen wahr, dass wenn verheiratete Paare, bei Partys zusammen mit Freunden feiern, die Treue der Eheleute fast immer auf einem Prüfstand gesetzt wird.

Jede Gelegenheit einer Annäherung zwischen einer Frau und einem Mann geht ziemlich schnell in eine Erotik. Vor allem beim Tanzen, das körperliche Kontakt im Takt der Musik erhöht die

Sehnsucht nach mehr und dieses mehr kann unvorhersehbare Folgen haben.

Es war also die Zeit für mich gekommen, um zu verschwinden, sodass ich diese Entourage mit für mich bedrohlichen Aussichten verlasse, zu gewinnen hatte ich sowieso nichts.

Gleich nach dem *Breakfast,* Mike hatte sich hilfsbereit deklariert, um mich nach Hause zu fahren. Bill lehnte es energisch ab, es wäre seine Pflicht und auch Freude, als Gastgeber, mich nach Hause, *saine et sauve* zu kutschieren. Übrigens er sollte auch Lucy nach Hause fahren, Perry, Sally und Greg blieben noch für einen Tag in Santa Barbara.

Wir hatten uns alle sehr freundlich verabschiedet, mit dem üblichen amerikanischen Versprechen *See you later* was sehr oft auch *See you never* bedeutet, obwohl die Hoffnung, am meisten einseitig bleibt, dass man sich wieder trifft.

Ins Auto Lucy war die Beifahrerin. Es wurde kaum gesprochen und ich muss zugeben, das Zurück, meine kleine Wohnung gab mir ein gutes Gefühl.

Ich konnte wieder Herrin meiner Gedanken sein, auf niemand Rücksicht nehmen zu müssen und die Erlebnisse der letzten Tage begannen sich zu entfernen.

Perry

In den nächsten zwei Wochen hat keiner der Familien Warren oder Hurst ein Lebenszeichen gegeben und schön langsam Pasadena und Santa Barbara schienen nur ein netter Traum gewesen zu sein.

Mittlerweile, ich war voll mit meiner Dissertation beschäftigt und weil ich nur übliche Telefonate erhielt, begriff ich, mit gewisser Erleichterung, dass alles vorbei ist.

Falsche Hoffnungen.

An einem Nachmittag, jemand klingelte an meiner Tür. Ich öffnete, vor mir stand ein Junge mit einem Blumenstrauß.

»Guten Tag, sind Sie Frau Lilianne? Ein Herr, dessen Namen ich nicht kenne, möchte sie bitten diese Blumen, als Zeichen seiner Bewunderung, zu akzeptieren. «

Bis ich etwas sagen konnte, ein Dankeschön oder Trinkgeld, der Bursche war schon weg.

Es waren wunderschöne rote Rosen und auch eine Visitenkarte war dabei mit einigen galanten Worten, ohne Namen und unsigniert.

Seltsam, ich konnte mir nicht vorstellen von wem die Blumen geschickt wurden. Mike oder Bill?

Vor Weihnachten, hatte ich bei der Familie Briglieb einen gewissen Herrn Jon kennengelernt, könnte er der heimliche Verehrer sein?

Eigentlich, denkend à la Sherlock Holmes, Bill und Mike sollte ich ausschließen, wir waren schon Freunde und ich sah kein Grund, dass sie sich verstecken. Wir hatten uns Telefonnummern ausgetauscht, sie wussten, wo ich wohne und sie hätten sich bei mir ruhig melden können.

Die wahrscheinlichste Variante war also Jon oder der Architekt den ich bei der Familie Levy, zum Anlass meiner Geburtstagsfeier, kennen gelernt hatte.

Egal wie groß die Überraschung war, ich amüsierte mich köstlich, denkend an alle diese möglichen Verehrer und das, ohne irgendeine Anstrengung meinerseits und ohne den Ruf zu genießen ein Hollywood Star zu sein. Die Zukunft wird mir irgendwann eine Antwort geben, um dieses Mysterium zu lösen.

Am nächsten Tag klingelte das Telefon. Hob ab und hörte jemanden in Weinkrampf.

»*Hi, I am Perry*« ,...und wieder Weinen in Kaskade.

»*Hi, this is Lilianne, what happened?* «

Ich war erstaunt von der Verzweiflung in ihrer Stimme. Sie begann zu erzählen.

»*Sorry*, dass ich dich störe, aber ich musste dich anrufen. Stell dir vor, in der letzten Zeit, jedes Wochenende Bill hat gesagt, dass er nach New York, zum Jason, fliegt, aber ich habe geprüft und er war nicht dort.«

»Wer weiß, es könnte doch sein er hat geschäftliches zu gehabt«, versuchte ich, sie zu beruhigen.

Doch sie begann, mit weinender Stimme, in den Apparat zu schreien.

»Nein, es war keine Firma; kein Geschäft, als er zurück nachhause kam, habe ich seine Taschen kontrolliert und fand dort dein Foto, ihr habt dieses Wochenenden bestimmt zusammen verbracht.«

Die Absurdität dieser Anschuldigungen hat mich zu tiefst verärgert, doch ich versuchte mich zu beherrschen.

»Liebe Perry, du solltest wissen, ich habe niemanden mein Foto verschenkt, geschweige Bill. Ich wusste auch nicht, welches Foto ins Gespräch kommen könnte, weil eigentlich, hier, in L.A., habe keine Fotos und habe mich auch nicht fotografieren lassen. Als nächstes, seit Santa Barbara habe ich Bill nicht mehr getroffen, von ihm nichts gehört, mit ihm nicht telefoniert, eigentlich, bis heute, von keinen von euch etwas gehört. Du bist komplett falsch und ich fühle mich unwohl. «

Nach einer Pause, ein bisschen beruhigt und ohne mehr das Thema Foto zu erwähnen, Perry sagte:

»Ich weiß es nicht, aber in Santa Barbara habe ich gesehen, wie er dich angeschaut hatte, er hat sich bestimmt in dich verliebt. «

»Liebe Perry, ich glaube du hast mit Bill, seit längerer Zeit, gewisse Beziehungsprobleme, ist es so? «

»Ja, du hast recht. Wir sind nicht mehr intim seit über ein Jahr. Wir haben uns entfremdet, wir leben irgendwie separate voneinander, wir haben unterschiedliche Interessen, ich liebe ihn aber trotzdem und nicht zu vergessen, dass wir auch gemeinsame Kinder haben. Bitte um Verzeihung, dass ich dich so unrechtmäßig angeklagt habe. Ich dachte Bill und ich sollten uns ein bisschen näherkommen, in Santa Barbara. Wir verbrachten dort zusammen mit euch wunderbare Tage, ich glaubte alles wird besser, aber angeblich ist es nicht. «

»Liebe Perry, wenn du Bill zurückerobern willst, musst du ein bisschen diplomatischer sein, bereite ihm eine Überraschung mit einem Dinner zu zweit, versuch zu Hause eine angenehme Atmosphäre zu schaffen, mit viel Liebe und nicht ständig mit Vorwürfen. «

Ich versuchte sie zu trösten, nur ich war auch nicht so sicher, ob meine Worte die richtigen waren.

Zugleich hatte ich begriffen, wer der Auslöser dieser Tragödie war, sicher Lucy-Elenor. Sollte ich Perry warnen? Wahrscheinlich hat sie selbst etwas gespürt oder auch nicht? Nein, ich hatte kein Recht mich in die Privatangelegenheiten der Familie Warren einzumischen, ich sagte nichts.

»Liebe Lilianne, mein Wunsch war, dass wir uns treffen, du könntest mir gute Ratschläge geben. Außerdem könnten wir etwas unternehmen, zum Beispiel ein Ausflug bis nach Ventura, dort sind einige sehr interessante Antiquitätengeschäfte zu besichtigen. «

»Danke schön für diese Einladung Perry, es würde mich sehr freuen dich zu begleiten, in etwa einen Monat werde ich ein bisschen mehr Zeit haben, dann könnten wir uns sehen. «

Ein anderes Gespräch mit Perry hat nicht mehr stattgefunden, sie hat mich nicht mehr angerufen und ich sie auch nicht.

Etwas hat mich zum Nachdenken gebracht, und zwar die Aussage: „Bill hat sich in dich verliebt"

Eine verlassene Frau verfügt über einen Supersinn. Glücklich darüber war ich nicht, im Gegenteil, ich sah nur mögliche Komplikationen, die ich sicher nicht notwendig gehabt hätte.

Aber Mike hat auch etwas Ähnliches gemeint!

Mindestens jetzt ist es mir klar geworden, dass Bill und Lucy seit einiger Zeit zusammen sind und die Beziehung zu dieser Frau hat die Konflikte in der Familie Warren ausgelöst.

Das Thema Perry, Bill, Lucy-Elenor habe ich versucht schnell aus meinem Gedächtnis zu streichen, am nächsten Tag erwartete sowieso etwas Angenehmeres auf mich.

Was? Na ja, ein neuer Anruf, nur diesmal war es Mike.

Buddy

»*Hi Lilianne, how are you?* «

Ich gebe zu, ihn zu hören war belebend für mich. Es war diese kräftige, schöne Stimme, voll Optimismus.

»*Hi Mike, nice to hear your voice.* «

»Liebe Lilianne, wie versprochen, ich möchte dich wieder treffen. Ich möchte dich an diesem Freitag, zu einem Abendessen in ein Restaurant in Hollywood einladen. Ist es das für dich in Ordnung? «

»Ich freue mich sehr. «

»Sehr gut, sei bereit so um 6 p.m., ich werde dich vorher von zu Hause anrufen! «

Mein nächster Gedanke war, die Blumen könnten nicht von Mike gewesen sein, er hätte es mir gleich gesagt. Aber von wem? Irgendwann werde ich es mit Sicherheit erfahren.

Die Woche war schnell vorbei ohne irgendeinen Vorfall. Freitag, so um fünf Uhr klingelte das Telefon. Es war Mike.

»Wir fahren gerade jetzt weg, bist du so weit? «

Ich war ein bisschen perplex weil ein tête-à-tête mit einem einzigen Mike erwartete, doch dieser suggerierte dass mehrere Personen mit ihm im Auto waren.

Keine Panik, ich werde sehen, wer noch dabei sein wird.

Nach allem was ich erfuhr, sollten wir ein Lokal in Hollywood besuchen. Mein Outfit? Wie immer, *black and white.*

Plötzlich klingelte es an der Tür. Nahm meine Tasche in der ich meinen Pass, Hausschlüssel und wenige Dollars hatte und eilte die Treppe herunter. Draußen, vor dem Haus, in dem geparkten Rolls-Royce warteten auf mich Mike und noch zwei Damen. Die eine war mir bekannt, war Mikes Schwester Mary. Die andere wurde mir als Helen vorgestellt. Beide saßen auf dem Hintersitz, mich hat man vorne, auf dem Beifahrersitz eingeladen.

»Helen ist eine sehr gute Freundin meiner Schwester und ist eine bekannte Klavierspielerin. Wir fahren jetzt zu einem Restaurant auf Hollywood Boulevard, wo ein Tisch für uns reserviert wurde. An diesem Abend, wird dort etwas gefeiert, und zwar xxx-Jahre seit der Gründung der Filmgesellschaft United Artists von Charlie Chaplin, D. W. Griffith, Douglas Fairbanks und selbstverständlich Mary Pickford. Helen wird zusammen mit zwei ihrer Kollegen etwas vorspielen und wir haben uns gedacht, es würde dich freuen, eine andere Sicht über L.A. zu gewinnen.

»Lilianne soll wissen, dass diese Gesellschaft sehr alt ist, sie wurde bereits 1919 gegründet«, sagte Helen lachend.

Als wir ankamen, stellten fest, dass wir nicht die ersten waren. Anwesend waren Frauen in glänzenden Kleidern, Männer im Frack, alles sah sehr festlich aus.

Es wurde geplaudert, gelacht, die Leute haben sich angeblich gut gekannt. Etablierte Stars, Stars- in- waiting, alte Stars, junge Leute mit der Hoffnung ein Star zu werden, suchende nach mögliche nützliche Kontakte um einen Job zu bekommen und viele eingeladene Gäste so wie wir. Vor allem anwesend zu sein um nicht vergessen zu werden, war sehr wichtig.

Unser Tisch war sehr gut platziert, mit wunderschönen Panorama über ganz L.A. und nicht sehr weit vom Orchester entfernt. Es wurden einige Reden gehalten, kleines Konzert, Erinnerungen, ein Tost zu Ehren der einzigen noch lebenden Gründerin, Mary Pickford.

Plötzlich merkte ich, dass sich ein sehr eleganter weißhaariger Herr, in der Richtung unserem Tisch kam. Man begrüßte sich freundlich mit Mike, Mary und Helen, gratulierte Helen für ihre Performance und drehte sich fragend in meine Richtung.

Mike stellte uns gleich vor und ich erfuhr, dass der galante Herr nichts andere als der Schauspieler Charles Edward Rogers, bekannt als Buddy Rogers war. Er setzte sich gleich zu unseren Tisch.

Wir stoßen mit Sekt an, noch einen, er glaubte ich weiß, wer er ist aber zu seinem Entsetzen, ich hatte keine Ahnung, hatte von seinen Namen nie gehört, von ihm niemanden reden gehört.

Fragte mich, ob ich den einen oder den anderen Film gesehen hätte, nein, nein, hatte nicht gesehen, seine Filme wurden zwischen 1926 und 1957 produziert, weder ihre Titel noch Inhalt wurden mir bekannt.

Außerdem, für mich, Charles-Buddy Roger war irgendeine unbekannte Person aus Los Angeles, nichts auf was er stolz sein könnte, wurde mir bekannt.

Für mich und wahrscheinlich für meine Generation, der Schatz großer amerikanischer Filme der vierziger Jahre, reduzierte sich auf wenige Titel. Filme wie Casablanca oder Vom Winde verweht, Singin'in the Rain, Der große Diktator, prägen und in unser Gedächtnis lassen kaum Platz für andere, auch wenn diese, wertvolle Produktionen waren.

Plötzlich, gelangweilt und wahrscheinlich auch genervt von meiner krassen Ungebildetheit, was seine Stellung in der Filmbranche betrifft, verlässt er unser Tisch und nahm Platz Mitten in seiner Damen- Entourage.

Mike hat sich gleich verpflichtet, mir einige Einzelheiten über unseren Besucher zu erzählen.

Buddy ist ein bekannter und sehr begabter Filmschauspieler, Filmproduzent und auch Jazzmusiker. Sportlich und sehr gut aussehend, wurde in den dreißiger Jahren, am Höhepunkt seiner Karriere, *„America' s Boy Friend"* genannt. Es ist interessant zu wissen, dass der Stummfilm *„Wings"* wo er die Hauptrolle spielte, erhielt den Preis als „Bester Film" bei der *„1st Annual Academy* Awards" im Jahr 1929. Im deutschsprachigen Raum, der Film wurde unter den Namen „Flügel aus Stahl" gezeigt und gilt bis heute als einer der besten Fliegerfilme aller Zeiten.

Bekannt war Charles auch als Musiker, hatte sein *„Famous Swing Band"* gegründet und mehrere Platten beim Columbia realisiert. Vor allem, war Charles Buddy Rogers der dritte Mann der Stummfilmlegende Mary Pickford. Sie heiratete ihm gleich nach ihre Scheidung von ihrer großen Liebe, Douglas Fairbanks. Mit Buddy, verbrachte sie noch 42 Jahre.

Als ich damals Buddy kennengelernt hatte, Mary lebte noch, sie wohnte abgeschottet, geplagt von Depressionen in ihrer Villa in *Pickfair*, in *Beverly Hills*.

Das Ende der Stummfilm Ära brachte eine Wende in die Karriere diesen Schauspielern. Sie bekamen nur mehr Nebenrollen und schon langsam wurden sie nicht mehr gefragt.

Wahrscheinlich, inspiriert von Mary Pickfords sozialem Engagement, hat auch Charles Buddy an humanitären Projekten teilgenommen und so bekam er ein Ehren Oscar für humanitäre Verdienste. Übrigens, ein Stern auf dem Hollywood *Walk of Fame* ist ein Beweis für die Anerkennung seiner so vielfältigen künstlerischen Aktivitäten.

Ich hätte noch gerne die Erzählungen von Mike gehört, aber Buddy, mit einem Sektglas in die Hand, erschien wieder an unserem Tisch, setzte sich zwischen Mike und mir und möchte mehr Einzelheiten über mich und Zweck meines Aufenthaltes in Los Angeles, erfahren.

Ich hatte versucht meine Ignoranz was Hollywood Filmgeschäft betrifft zu entschuldigen, glaube nicht dass er wirklich verstanden hat, warum ich es tat.

Er stammte aus einer intellektuellen Familie, im Zweiten Weltkrieg war er Fluginstrukteur in der amerikanischen Armee, aber den Rest seines Lebens hatte er nur in den Vereinigten Staaten verbracht. Kalifornien war seine Welt und man soll zugeben, dort herrschen ganz spezielle Sitten.

Ich versuchte ihm beizubringen, dass auch für ihn, meine Leistungen in meinem Beruf, meine Veröffentlichungen, meine Aufzeichnungen, ein Fremdland sind.

Ausgebildet war er schon, hatte ein Studium an der Universität in Kansas absolviert, von Mozart und Beethoven hat er gehört, aber das war dann alles.

Interessierte sich ein bisschen für Archäologie, ansonsten, seine Beschäftigung war nur die Unterhaltungsindustrie, das Showgeschäft und seine und seiner Frau, Charity Projekte.

Plötzlich Charles Buddy wollte nichts mehr hören und lud mich zum Tanzen, im Saal, dann auf der Terrasse.

Es war faszinierend mit so einem schönen Mann zu tanzen, seinen Atem zu spüren, sein feines Parfum zu riechen, seine Bewegungen zu folgen, sich von ihm führen zu lassen.

Eine Pause, wir blieben auf der Terrasse, Buddy umarmte mich.

»Siehst du, diese ist meine Welt? «

Es war die nächtliche Beleuchtung von L.A.

Wir kehrten zurück zu Mike, Helen war eben dabei etwas zu spielen.

»Ich möchte, dass du mich auf der Bühne hörst und siehst. Hast du einen besonderen Wunsch? «

»*No, it's up to you.* «

Ehrlich gesagt, ich wusste nicht, was ich mir wünschen sollte, so bescheiden waren meine Kenntnisse im Bereich Buddys Songs.

»Gut, ich werde für dich ein Song singen, den ich mit meinem Swing Band vor vielen Jahren aufgenommen hatte, *You Can't Be Mine*. Helen wird mich ans Klavier begleiten. «

In meiner Naivität und Unerfahrenheit fragte ich mich, ob dieses Verhalten eine Liebeserklärung war, oder nur reines Schauspiel das er so gut beherrschte.

Was war real, was war Traum, war es mein Wunsch, real soll es sein? Und er war so wunderbar schön, trotz seinem Alter. Dann nahm er ein Instrument in die Hand, eine Trompete, kam näher zu unseren Tisch und spielte, ja, spielte diesmal mit einer unglaublichen Virtuosität.

Mike flüsterte in mein Ohr:

»Es ist offensichtlich, er mag dich, etwas in deinem Verhalten hat ihn gereizt. «

Ich wurde rot und das ärgerte mich sehr.

Charles Buddy kam wieder zu uns.

»Dieser Tango ist meiner. «

Ohne auf irgendeine Reaktion von mir zu warten, nahm er meine Hand und führte mich auf die Terrasse. Es war der aufregendste Tango, den ich je getanzt hatte. Es ist mir unmöglich meine damaligen Gefühle zu beschreiben, Tango ist sowieso etwas zwischen *émotion et sensualité* und dazu mit dem *America's Boyfriend* zu tanzen und dass noch in Hollywood, es war überwältigend!

Unser Tango war noch nicht zu Ende, als zwei Damen aus seinem Entourage erschienen, wechselten paar Zeichen mit ihm, Buddy führte mich zum Mikes Tisch zurück, wechselte eilig paar Worte mit Mike, entschuldigte sich bei mir und war weg.

Mike sagte mir danach, dass Charles Buddy von mir sehr angetan war, beeindruckt wurde von meiner Bescheidenheit, Ehrlichkeit, meine lustige ironische Philosophie über Gesellschaft und Sitten und nicht zuletzt von meiner Aussehen, meiner Erscheinung.

Mary und Helen haben dann die Alarm-Glocke betätigt. Die Frauen aus dem Buddy Entourage waren Schauspielerinnen von Hollywood und sie hatten sich plötzlich von ihren Kavalier verlassen gefühlt. Ihre Augen wurden die ganze Zeit nur auf uns gerichtet, auf das was zwischen Buddy und mir geschieht. Unser so leidenschaftlicher Tango hat sie offensichtlich geärgert.

Man sagte, dass nach zu viel Alkohol, diese Schauspielerinnen könnten gewalttätig, sogar handgreiflich werden. Sie könnten so etwas wie eine Schlägerei organisieren, damit mich aus dem Restaurant entfernen. In den damaligen Zeiten hat man immer wieder von solchen Auseinandersetzungen in dem so berühmten Hollywood gehört. Es war höchste Zeit das wir verschwinden.

Doch Buddy erschien wieder, sehr gut gelaunt. Mike gab ihm zu verstehen, dass wir das Restaurant verlassen wollen. Mit seinen Kräften, Buddy widersetzte sich, umarmte mich und sagte *let's dance.*

Wir haben auf der Terrasse getanzt, hielt mich leidenschaftlich fest in seinen Ärmeln, wurde verführt und ich fühlte mich so unbeschreiblich gut.

»*You are very much like Nefertari, the queen of Egypt and wife of Ramses II, you can't be mine and I can't be yours.* «

Erstaunlich, von so einer Ähnlichkeit hat mir irgendwann ein Araber im Tal der Könige in Ägypten gesprochen.

Es war auch eine Art Resignation in seiner Stimme, ich glaube seine Worte waren ehrlich.

Ein langer leidenschaftlicher Kuss, den ich nicht beschreiben oder kommentieren will, den Wunsch und die Versprechung uns wieder zu sehen, Mike wird die Verbindung sein und...der Abschied.

Wir vorbereiteten uns, um das Restaurant zu verlassen, es war gut so, weil die Damen aus dem Entourage von Buddy hatten bereits in unserer Richtung, etwa wie feindliche Blicke geworfen.

Mike schlug vor, wir sollen das gegenüberliegende Lokal besuchen, er möchte uns ein *Sekt in Honour of* Helens Erfolg bei der Party, schenken.

Das Thema Charles Buddy wurde mit viel Humor kommentiert, Mike scherzte über die Liebe von Buddy für alle schöne Frauen, hat ihm aber auch gelobt für die Treue zum Mary Pickford die er bis zum Lebensende begleitete.

Wir wurden nach einer Wunschmelodie gefragt. Helen wählte *Stranger in the Night*, ich verstand nicht warum, angeblich in Erinnerung an Frank Sinatra, den sie gut gekannt hatte.

Charles Buddy hat einige Male Helen und Mike gebeten man soll ihm mit mir in Verbindung setzen oder meine Telefonnummer geben. Beide hatten sich verweigert es zu tun, irgendeinen Grund gegeben und ohne mich zu fragen.

Ich habe dieses, später, von Bill erfahren. Man hatte ihm damals, ausführlich über das Treffen in Hollywood zwischen mir und Charles Buddy erzählt.

Irgendwann, mittels Helen, schickte mir Buddy ein Fotoalbum mit Fotos von ihm und Pickford, von ihm unterschrieben. Ich habe es in meiner Bibliothek lange Jahre bewahrt, doch einmal verschwanden sie.

Warum verweigerte Mike mich mit Buddy in Verbindung zu bringen? War es Eifersucht, Respekt oder Sorge?

Mike war vertraut mit der Moral in den Schauspieler Milieu Hollywoods, seine Meinung war, die sind nette und sehr liebe Leute, wir bewundern sie, aber man soll sich auf Distanz halten.

An dem Abend erreichte ich ziemlich spät meine Wohnung, obwohl ich war, konnte ich sehr schwer einschlafen. Viel zu viele Eindrücke, Hollywood oder doch Charles Buddy?

Na ja, er hat sehr gut ausgesehen, trotz seinem hohen Alter und er war ein Kenner von Frauen. Er konnte faszinieren, war einfühlsam, talentiert, intelligent, charmant, besaß alles, was sich eine Frau wünscht.

Als jung-Schauspieler war er ein sehr schöner Mann, die unzähligen Fotos sind ein Beweis dafür. Irgendwann, aus Neugier, ich hatte versucht in einer Filmothek, ein Film von ihm zu finden, bin gescheitert. Ich glaube, ich hätte mich auf ein Wiedertreffen mit ihm sehr gefreut, sein Bild hat mich einige Tage verfolgt. *Just, sorry!*

Die Überraschung

Am nächsten Wochenende, um mich zu entspannen, verbrachte ich einige Stunden in Santa Monica, am *Beach* und dann in Zentrum. Zu Hause erschien ich an später Nachmittag, müde und bereit für einen tiefen Schlaf.

Plötzlich, vor meinem Haus merkte ich ein Auto und es kam mir gleich bekannt vor, nur wusste ich nicht mehr von wo. Als ich näherte, ich sah, zu meiner Überraschung, ein Bill in voller Bewegung hin und zurück auf dem Gehsteig. Als er mich blickte, hob beide Arme zum Himmel und rief ungeduldig

»Wo warst du, ich warte auf dich seit drei Stunden und begann mir Sorgen zu machen. Gestern habe bei dir öfters angerufen, aber niemand hat abgenommen. Wo warst du? «

Sein Ton war aggressiv, aber es war verständlich von der Seite einer Person, die seit drei Stunden, draußen auf dem Gehsteig wartete.

»Heute bin ich am Ozean spazieren gegangen, gestern habe ich die ganze Zeit an der Uni verbracht. Vor einer Woche Mike, Mary, Helen und ich hatten einen sehr schönen Abend, in einem Restaurant am Hollywood Boulevard, verbracht. Aber um was geht es? Warum bist du so aufgeregt? «

»Wenn du nichts dagegen hast, möchte ich dich zu einem Restaurant in Santa Monica einladen, dort können wir uns, ungestört, unterhalten«, antwortete Bill.

Nach etwa einer Stunde befanden wir uns in einem schicken Lokal in Santa Monica, gerade am Beach.

Es folgte eine lange Pause, keiner hatte sich getraut etwas Besonderes zu sagen, tiefes Atmen, auf den Kellner wartend, auf Getränke warten, auf das Essen warten, ziemlich peinliche Momente. In meinem Kopf drehten sich zahlreiche Gedanken, was könnte der Grund für dieses Treffen sein, warum das Verhalten von Bill so zerstreut, so unsicher war. Dann, endlich, Bill wagte das Gespräch zu eröffnen.

»In den letzten Wochen habe dich nicht mehr angerufen, weil einerseits ich auf eine Reise war, anderseits sturmartige Auseinandersetzungen mit Perry eine unerträgliche Atmosphäre im Haus kreiert hatten. «

»Ich kann es mir vorstellen«, antwortete ich. »Vor einigen Tagen, Perry hat mich angerufen, um mir Vorwürfe zu machen, dass du sie mit mir betrügst, dass wir ein Verhältnis haben, dass in deiner Jackentasche ein Foto von mir liegt, dass du tagelang von zu Hause fehlst, ohne ihr zu sagen, wohin du gehst und dass du die Wochenenden bestimmt mit mir verbringst. Selbstverständlich ich hatte sie beruhigt, ich hatte niemanden je ein Foto von mir geschenkt und dich hatte ich seit Santa Barbara nicht mehr gesehen. «

Bill wurde außer sich vor Verzweiflung und Wut.

»Wie hat sie gewagt dich so anzugreifen? Diese ist eine unverzeihliche Frechheit, unabhängig von ihrer Überzeugung sie hätte so etwas nicht tun dürfen, es wirkt gegen den Codex meiner Familie. «

Nach kurzer Pause, atmete er tief und fügte hinzu:

»Ich bedaure, dass alles was Perry gesagt hat nicht stimmt. «

Für mich war die Lage lustig und ich begann zu lachen.

»Bill, weißt du was ich glaube? Für mich ist es klar, dass du Perry mit Lucy-Elenor betrügst und das seit längerer Zeit. Diese ist eine possessive Frau, sie will dich nur für sich alleine haben. Deine letzten Reisen nach New York, von denen mir Perry berichtet hatte, waren gemeinsame Reisen mit Lucy-Elenor gewesen, ist es so? Wie bin ich darauf gekommen? Beim New Year's Eve Party habe ich gesehen wie du ihre Hüfte mit deiner Hand streichelst, als wäre es etwas normales, öfters ausgeübt.

Weißt du, wenn du längere Zeit Kontakte mit einer Person hast, Elementen der gemeinsamen Leben etablieren sich und man kann sie nicht verbergen. Außerdem, in Santa Barbara, Lucy hat sich verplappert, sie hatte Santa Ynez vorher besucht und das, wahrscheinlich mit dir. «

Bill wirkte fassungslos, wurde blass, dann errötete und brach in Tränen aus. Nach einer Weile begann seine Enthüllung.

»Was für eine seltene Scharfsinnigkeit, alles ist so wie du geschildert hast, ich bin mit Lucy seit vielen Jahren zusammen. Wir verstehen uns gut, Lucy ist eine Geschäftsfrau, ist auf Reisen überall in den Vereinigten Staaten und auch im Ausland um Antiquitäten zu schaffen, ist kultiviert, verkehrt mit äußerst interessanten Leuten und hat immer etwas besonderes zu erzählen.«

»Ja, aber du hattest Perry, deine Frau, mit ihr hast du eine Familie gegründet «, erwiderte ich.

»Es ist wahr, ich möchte dass du einige Einzelheiten wissen sollst. Perry und ich waren Kollegen an der Uni, sie war meine erste ernstere Beziehung, verliebt in sie war ich nie. Sie ist schwanger geworden und so haben wir geheiratet. Ihr Vater hat mich dann als Partner in sein Unternehmen genommen. Anfang, alles schien in

Ordnung zu sein. Wir hatten uns auf die zwei Kinder gefreut, hatten das Haus in Pasadena gekauft und das Business florierte. Von der Seite meiner Eltern es gab keine Stütze, alles was ich geschaffen durch war aus meiner Arbeit. Perry arbeitete nie, sie verbrachte die ganze Zeit zu Hause oder Shoppen mit Freunden. Sie erwartete nur, dass wir immer an Society-Events dabei sein sollen und an Partys mit Freunden teilzunehmen. Das aller Schlimmste war, dass sie im Laufe der Jahre sich bemüht hatte mich, als unwichtige Person in der Familie zu etablieren, als Angestellter ihres Vaters. Sie betrachtete mich als jemand, der von ihrem Vater komplett abhängig sei und ohne ihre Familie hätte ich nichts erreicht. Ich war nicht fähig sie in der High-Society einzuführen, dort wo ihr Platz hätte sein sollen. Selbstverständlich, die Vorwürfe haben mich von ihr entfernt, versuchte eine Kompensation bei einer anderen zu finden und diese war Lucy.

Vor einem Jahr meine Schwiegereltern sind in einem schweren Autounfall verstorben. Die einzige Erbin ist die Perry und zurzeit läuft ein Prozess indem sie mich aus dem Unternehmen rauswerfen möchte. Ich kann es nicht akzeptieren, wir hatten mit ihrem Vater gewisse Verträge unterschrieben und in den letzten Jahren, bedingt von einer Parkinsonkrankheit meines Schwiegervaters, ich war der einzige Geschäftsführer des Unternehmens. Perry betrachtet mich als ihr Leibeigener und beleidigt mich wie und wo sie könnte. Unter diesen Umständen habe ich die Scheidung eingereicht. Es ist mir bewusst, dass der Scheidungsprozess dauert, kostet viel Geld und vor allem werden mich meine Nerven, meine Energie und meine Lebensfreude kosten. Ich musste es aber tun.

Perry hat das Haus verlassen und ist nach New York übersiedelt, wo sie als Broker an der New Yorker Börse auf Wall Street arbeitet. Ich bin in Pasadena geblieben zusammen mit Sally. Übrigens, mittlerweile habe ich ein selbstständiges Business eröffnet, das viel Zeit in Anspruch nimmt und hoffe auf Erfolg und selbstverständlich Geld, das ich jetzt so dringend brauchen werde. «

Bill wurde so traurig. Dieser schöne Mann, anders stolz und voll Lebensfreude, wirkte so geschlagen, lasch, von Seelischer Schmerz gekennzeichnet. Bill weinte. Ich streichelte seine Hand und versuchte ihm von diesen traurigen Gedanken abzulenken. Er dürfe sich so nicht unterkriegen lassen.

»Weißt du, vor einer Frau zu weinen ist mir noch nicht passiert. Außerdem, wir kennen uns nicht so gut, wir haben uns nur einige Male getroffen und nur einige Male waren wir zusammen, alleine.«

Bill putzte sich schnell die Nase, drehte sich auf dem Sessel in beide Richtungen, zog sein Sakko aus, dann zog er es wieder an, schaute Drumherum, dann auf mich und mit einer mitreißenden Stimme, richtete er an mich.

»Es gibt noch etwas was ich dir sagen wollte. Mindestens in einer Hinsicht hatte Perry recht. Ich habe mich in dich verliebt, Mike weis bereits davon und auch Mary. In all diesen Wochen von Aufbruchsstimmung und Unsicherheit indem ich dich nicht angerufen hatte, meine Gedanken und mein Herz waren bei Dir. In den schlaflosen Nächten, du standest vor mir, deine Gestalt hat mich überall begleitet. Lilianne, warum ist es so gewesen, dass ich Dich erst jetzt kennengelernt habe und unter so widrigen Gegebenheiten?

Lilianne, ich liebe dich, kannst du es begreifen, ich liebe dich und ich möchte es der ganzen Welt bekannt machen.

In dem ersten Weekend, seit dem wir uns nicht mehr gesehen haben, ich hatte Lucy getroffen, ich hatte sie besucht und folgendes ist passiert. Wir redeten, sie vorbereitete das Dinner und plötzlich schauderte es mich bei dem Gedanken, dass ich sie anfassen muss, ich konnte nicht mehr dort bleiben. So schnell wie möglich habe ich mich angezogen, wegen irgendeines Grunds entschuldigt und ich war weg. Seitdem lebe ich alleine, bin ein einsamer und gequälter Mensch. Lilianne bleib in L.A., fahr nicht mehr nach New York, verlass mich nicht. «

Bill nahm mein Arm und überdeckte ihn mit Küssen. Überrascht wie ich war, versuchte ich vorsichtig abzuweichen, weil einige Augen von Nachbartischen auf uns gerichtet waren. Dieser Erguss von Worten, diese Lawine von Gefühlen konnte nicht unbemerkt bleiben.

»Bill, bin überwältigt von allem was ich jetzt erfahre, ich glaubte wir sind nur gute Freunde und ich habe mich bemüht unsere Beziehung auf diesem Niveau zu halten. Ein Faktum musst du verstehen, ich werde mit Sicherheit zurück nach New York kehren. «

Es folgte eine längere Pause, in der wir uns gegenseitig tief in die Augen schauten. Die Gedanken wurden nicht laut aber jeder wusste, jeder von uns spürte was sich in dem anderen Kopf drehte. Das Schweigen habe ich gebrochen.

»Die Wahrheit ist, dass als wir gemeinsam an der Rose Parade teilnahmen, ich fühlte eine warme Annäherung zu dir, es war so, als wenn wir uns seit einer Ewigkeit kennen wurden und eine unglaubliche Anziehungskraft uns zusammen hält. Angesichts meines Status als Gast deiner Familie, ich musste mich bremsen, klar denken und mir keinen *Faux Pas* erlauben. Auch Santa Barbara war ein sentimentaler Schritt in deine Richtung, doch ich respektiere meine Prinzipien von Korrektheit und Ehrlichkeit gegenüber meinen Freunden, in diesem Fall ich meine Perry, daher hatte ich mich etwas zurückgezogen benommen, ich bin gewöhnt meine Gefühle zu kontrollieren. «

Bill erwiderte sofort.

»Dein Verhalten ist mir aufgefallen auch beim New Year's Eve Party und auch in Santa Barbara und bei allen unseren Autofahrten. Ich hatte mein Zweifel ob ich dich jemals ansprechen könnte. Es ist ein Grund warum ich Dich nur jetzt angerufen habe, doch, dich nicht mehr zu sehen, konnte ich nicht mehr ertragen. Hatte Angst vor unserer Begegnung, ich hatte Angst von dem Augenblick wo ich nur mit dir allein bleiben werde, ohne Augenzeugen. Lilianne, meine Gefühle kann ich nicht mehr unterdrücken, wohin ich gehe du begleitest mich, beim Einschlafen liegst neben mir, du bist meine Obsession geworden. Zu Hause rufe ich deinen Namen, ich sehe Dich im Garten, in der Küche, du kommst und verschwindest wieder und überall hinterlässt dein Parfum, die feine *Calèche von Hérmes*. Ich glaube, ich werde von dieser Besessenheit nie mehr los. «

Es war so viel Leidenschaft in seinen Worten, er atmete schwer und seine Gesichtszüge verrieten eine tiefe Emotion und auch Konzentration. Es war ernst. Alles was er gesagt hatte war keine leichte Liebeserklärung. Wie ein Magier, Bill zerstreute Liebeszauber und rund um mich, alles begann sich zu drehen. Die Magie erreichte mich, umfasste mich und konnte mich nicht mehr befreien.

»Lass mich in dieser Nacht nicht allein, ich will es zusammen mit dir verbringen«, sagte Bill und blickte tief in meine Augen.

»Nein Bill, ich kann nicht, es ist nicht der richtige Zeitpunkt. «

»Gut, aber erlaube mir mindestens in deiner Nähe zu bleiben, ich bringe Dich nach Hause«, erwiderte Bill.

Damit hatte ich nicht gerechnet.

Eine Stunde später traten wir stillschweigend in meine bescheidene Wohnung ein, wo nicht gerade die gewünschte Ordnung herrschte.

Ich ging gleich in die Küche, um einen Tee zu kochen, mich zu beruhigen und einen klaren Kopf zu bewahren, um die Lage richtig einzuschätzen. Meine Hände zitterten, ein Schauer verbreitete entlang meinen Rücken, ich konnte mich nicht mehr, so wie üblich, beherrschen. War es die Wirkung des Zaubers?

Als ich dann den kleinen Living betrat, Bill lag gemütlich auf dem Coach, angezogen in meinem Bademantel und haltend ein Polster in seiner Hand. Freute sich sehr auf seinen Tee. Ich zog meinen Trainingsanzug an und legte mich auf dem einzigen Fauteuil, den ich besaß.

Sorgte dafür dass wir, im Hintergrund, die leise Töne irgendeiner Musik von irgendeinem Sender, vom Radio hörten. Wir saßen so von Angesicht zu Angesicht, Tee trinkend und vertieft in einer Diskussion über …na ja, über alles. Bill war sehr belesen, besaß eine solide Kultur, war gewissermaßen ein Autodidakt mit mehreren *Hobbys*. Besaß ein ausgeprägter Humor, verstreute seine Erzählungen mit subtile und feine Ironie und antwortete leidenschaftlich und überzeugend meine Fragen. Später, in der Nacht, geprägt von intellektuelle und physische Anstrengung, schliefen wir ein, jeder auf seinem Coach.

Früh am Morgen, als ich aufwachte, Bill war bereits angezogen, über mich gebeugt, streichelte mit Liebe mein Haar, meine Stirn und küsste meine Augen.

»Guten Morgen Darling, hast ruhig wie ein Engel geschlafen, ich habe mich leise bewegt, damit du nicht aufwächst. Jetzt muss ich mich eilen, habe einiges zu erledigen in der Stadt, es wird nicht lange dauern. Währenddessen sollst du dich schön machen, wir werden für Lunch nach Santa Monica fahren. «

Es war an einem Samstag und die Uhr zeigte neun.

Hat sich etwas in meinem Leben verändert? Es ist mir noch nie geschehen, dass ich morgens in Anwesenheit eines fremden Mannes aufwachte, ich bin noch nie in so eine Art von Intimität mit einem Mann gewesen, letztendlich ist es mir noch nie passiert, wie heute, dass ich früh morgens so schwindelig aufwachte.

Buchstäblich, ich wusste nicht, was ich tun sollte, es war so, als hätte ich meine Orientierung verloren. Ich war komplett verwirrt. Bills feurige Welle von Gefühlen und Worte, hatte mich erfasst, alles war neu für mich, doch war ich in ihm wirklich verliebt?

Bill erschien nach ungefähr zwei Stunden mit einem überproportional großen Strauß von weißen Rosen und ein Päckchen.

»Schau, ich habe dir ein paar Kalifornische blaue-Jeans gekauft, weil deine, sorry, gefallen mir nicht und ich habe auch für mich eine ähnliche Bluejeans gekauft. Warum? Ich fand ich bin zu elegant angezogen für dieses Weekend am Beach von Santa Monica. Da habe ich noch etwas«.

Bill nahm eine kleine Schachtel in die Hand, öffnete sie mit Vorsicht und nahm ein wunderschönes silbernes Navajo Armband heraus, bestückt mit Türkis-Edelsteine und einen silbernen Ring mit einen Türkis-Cabochon Schmuckstein.

»Diesen Navajo Juwel habe ich für dich gekauft. Die Signifikanz dieser Steine? Man sagt dass sie für Fröhlichkeit, Glück und Gesundheit stehen. Navajo Indianer lernten die Kunst des Silberschmiedes und das Einsetzen von Schmucksteinen wie Türkis oder Koralle von den mexikanischen Schmieden. Die Navajo Indianer tragen diesen Schmuck bei diversen religiösen Zeremonien und Ritualen. Auch wir werden ein religiöses Ritual feiern, um die tiefe Verbindung zwischen uns beiden zu besiegeln. Leider kann ich dir jetzt keinen Antrag machen. Ich möchte dass du diesen Schmuck als Geschenk von mir akzeptierst, so bilde ich mir ein, dass ich immer bei dir sein werde. «

Ich war buchstäblich überwältigt, wurde benommen, wusste nicht was ich antworten sollte, aber ja, ich wusste schon und die Worte kamen spontan, ohne sie zu kontrollieren.

»Die sind wunderschön und wir werden das Ritual mit unserem ganzen Wesen feiern weil ich dich auch liebe. «

Bill fasste mich mit seinem kräftigen Ärmel, küsste mich leidenschaftlich und flüsterte in mein Ohr.

»An diesem Wochenende fahren wir beide nach Santa Barbara und die ganze Welt wird nur uns gehören. «

So wie wir gekleidet waren, in Jeans, T-Shirt und Bläser, verbrachten wir den ganzen Tag am Ufer des Ozeans in Santa Monica und abends kehrten wir zurück in meine Wohnung, um einen heißen Tee zu genießen. Jeder schlief brav in seinen Fauteuil.

Am nächsten Tag, wieder am Santa Monica Beach und in der Nacht in meiner Wohnung und wir redeten über zahlreiche Dinge und wir hörten Musik und wir spazierten entlang des Ufers und wir speisten im gleichen Restaurant und wir genossen den heißen Tee und den Schlaf im Fauteuil. Wichtig war nur, dass wir zusammen sind.

Endlich, am Montag früh wir verabschiedeten uns. »Freitag werde ich beim Ausgang von der Uni auf dich warten «, sagte Bill.

Es ist nicht so leicht die ganze Atmosphäre zwischen uns in diesen letzten zwei Tagen zu beschreiben. Die Leidenschaft zwischen uns war enorm und trotzdem wir hatten uns nicht geliebt. Wir hatten gelitten, wir hatten gezittert, aber wir hatten uns beherrscht. Wir hatten über die Liebe gesprochen, aber wir hatten nichts ausprobiert. Warum?

Ohne es zum Ausdruck zu bringen, wir wollten mehr, wir warteten auf das Ritual.

Mike

Im Laufe der Woche habe ich von Bill keine Anrufe bekommen.

Stattdessen, gleich am Dienstag, Mike rief mich an. Mit einer imperativen Stimme sagte er, dass er mich am Abend abholen werde und wir werden nach Hollywood fahren. Unhöflicher Weise fragte er nicht, ob ich einverstanden war. Unerklärlicherweise, ohne zu zögern, ich habe akzeptiert.

Auch wenn Mike, als Person, mir sehr angenehm war, sein autoritärer und possessiver Ton hat mich ein wenig überrascht und wahrscheinlich auch enttäuscht.

Tatsächlich, um vier Uhr nachmittags, vor dem Hauptausgang der Uni, stand geparkt ein prächtiger glänzender schwarzer Rolls-Royce. Mike stieg aus dem Auto aus und küsste eilig meine Hand.

»Es war schon Zeit, ich bin schlecht geparkt, komm, steig ein neben mir. «

Er war sehr elegant angezogen, sah sehr gut aus, sehr gut gelaunt und den ganzen Weg bis zum Restaurant erzählte er eine Menge lustige *Storys* und versuchte eine warme, angenehme Atmosphäre zu kreieren. Wir erreichten endlich das Restaurant und Mike nahm mich am Arm und führte mich zu einem auf seinen Namen reservierten Tisch.

Der Tisch war festlich gedeckt und ein Champagner wartete bereits auf uns.

»Es ist kein französischer, sondern kalifornischer Champagner, man würde munkeln, dass ich ein Patriot bin, aber gewissermaßen bin ich schon. Was meinst, wenn wir ein fünf Gänge Menü, begleitet von passenden Weinen, bestellen würden? «

»Lieber Mike, ich glaube nicht, dass ich so ein Restaurant je besucht hatte. «

»Es ist langsam Zeit, dass du auch die angenehme Seite des Lebens erlebst und nicht nur die ständige Arbeit. «

So wie immer, die Atmosphäre zwischen Mike und mir war locker und Mike beeindruckte mich mit seinem Betragen, seine Lebensart, geprägt von französischer Galanterie. Er strahlte eine Feinheit, eine Sensibilität, total im Kontrast mit dem Tumult der Gefühle von Bill.

Warum soll ich es nicht zugeben, ich mochte seine Eigenart sehr, sein Benehmen, seine erstklassige Kultur, sein Spürsinn und seine ganze Ausstrahlung. In seiner Anwesenheit fühlte ich mich sicher, behütet. Ich war erstaunt wie er meine Gedanken ahnen konnte und er hatte eine hohe Wertschätzung für meine Arbeit, etwas das mir sehr wichtig war.

»Lilianne, ich habe einen Vorschlag zu machen. Ich glaube du solltest auch andere interessante Plätze der Westküste kennenlernen, und zwar Plätze, wo du sicher allein nicht gehen würdest, wie zum Beispiel Las Vegas. Für die nächste Woche, einige gute Shows wurden angekündigt, du könntest die Spiel-Casinos besichtigen, sehen wie man spielt, gewinnt und verliert, einfach Leute zu beobachten, es ist etwas was dir Spaß machen wird.«

»Mary kommt auch mit? «

»Nein, diesmal dachte ich, nach Las Vegas sollen nur wir zwei fahren und ich würde mir wünschen, wir wohnen im gleichen Appartement. Ich merke die Frage in deinen Augen. Lilianne, auch wenn es mir sehr schwer kommt in meinem Alter, meine Gefühle und Emotionen zu zeigen, dass was ich für Dich empfinde ist zu groß, um es in einfache Worte zu verpacken. Ich habe mich in Dich verliebt. Eine Frau so wie du habe ich noch nie getroffen. Du bist so schön, du strahlst eine seltene Feinheit des Geistes, deine Intelligenz, Kultur, dein Humor sind zu beneiden, ich liebe dich Lilianne. «

Alles kam so unerwartet, es wurde mir schwindlig und ich murmelte leise etwas Prosaisches wenn auch idiotisches.

»Du bist mein bester Freund. «

»Lilianne, es ist nicht nur meine Hoffnung mit Dir einige Tage und Nächte in Las Vegas zu verbringen, sondern es wäre mein inniger Wunsch, dass Du meine Lebensgefährtin wirst, meine Braut, meine Frau. Ich weiß nicht wie viele Jahre mir noch zum Leben geblieben, aber ich bin mir sicher, ich werde dich glücklich machen. «

Es war so viel Leidenschaft in seinen Worten, seine Augen strahlten von Liebe und Hoffnung, seine Hand suchte meine Hand, hob sie mit unendlicher Finesse und setzte einen langen, sehr langen Kuss.

Ich hob mich eilig von meinem Sessel, richtete mich zu ihm, setzte mich auf seinem Schoss und hemmungslos umarmte ich ihn mit Warmherzigkeit, küsste ihn auf die Stirn, Augen, Mund, nahm sein Gesicht in meine beiden Hände und schaute ihn tief in die Augen.

»Lieber Mike, dein Heiratseintrag ist außergewöhnlich und jede Frau würde sich extrem glücklich fühlen, so gepriesen zu sein. Ich fühle mich geehrt ich bin glücklich, ich bin happy.

Trotzdem Mike, wir sollen zur Kenntnis nehmen dass, historisch gesehen, wir uns zur unrechten Zeit getroffen haben. Leider, eine unangemessene Gelegenheit. Du hast ein Teil Deines Lebens hinter dir, hast eine großartige Karriere geschafft, extrem Vieles erreicht. Ich bin am Anfang meiner Laufbahn, ich bin ehrgeizig, ich will selbst etwas erreichen, ich will auf meinen zwei Beinen stehen. Du bist hier zu Hause in Pasadena, mein zu Hause ist New York. Wir könnten für eine Weile glücklich sein, doch *fatalité*, wegen des großen Altersunterschieds, werde ich irgendwann alleine bleiben, was für mich ein Drama bedeuten würde. Ich kenne mich zu gut, nach einem Leben neben und mit Dir, werde ich für den Rest meines Lebens, alleine bleiben und nur von Erinnerungen leben. Das will ich aber nicht. «

»Lilianne, du hast so recht, ich verstehe dich sehr gut wahrscheinlich deswegen bin ich so *Open* gewesen. Nur, ich kann nichts dagegen tun, ich liebe dich sogar sehr. Es ist nicht so etwas wie die erste Liebe, stürmisch und mit Gefühlen im Ausnahmezustand, nein, keineswegs. Meine Liebe für dich fühle ich, als ein Geschenk das mich in vorher undenkbaren Zuständen bringt, mich zum Träumen bewegt. Wenn ich an dich denke, mein ganzes Herz ist von einer unbeschreiblichen Wärme erfüllt, ich wünsche mit dir in meinen Armen, fliegen zu können. Ich spüre du bist und bleibst die Liebe meines Lebens. Hast wahrscheinlich mitbekommen dass ich nie verheiratet war. «

Mike hob mich mit seinen kräftigen Armen in die Luft und küsste leidenschaftlich meine Augen, ließ mich neben ihm rutschen, umarmte mich, nahm meinen Kopf in seine Hände, schaute tief in meine Augen und drückte langsam mehr und mehr meine Lippen in einen unendlichen Kuss. Es wurde mir schwindlig, ich unterlag komplett seiner männlichen Power. In dem Augenblick hätte Mike mit mir alles machen können. Ich bin auch heute sicher, er war der einzige Mann, der mich dominieren hätte können und mit welchem ich glücklich gewesen wäre.

Ich blieb noch eine Weile mit geschlossenen Augen in seinen Armen während sich unzählige Gedanken in meinem Kopf drehten. Ich versuchte mich innerlich zu beruhigen, ich war so schwach wie noch nie. Mike merkte meine Verwirrtheit, streichelte meine Haare und sagte:

»Ich hoffe, dass wir für immer gute Freunde bleiben. «

Seine traurige Stimme ist mir lange Zeit im Ohr geblieben. Solange ich noch in L.A. geblieben bin, hat Mike mich nie mehr angerufen. Habe ich noch an ihn gedacht? Nein, für eine lange Weile nicht mehr.

Bill

Es ist dieser Tag von Freitag gekommen, wo ich mit Bill verabredet war. Vor der Fakultät stand wieder ein Auto, diesmal nur ein Cadillac und wieder ein gutaussehender Herr stieg aus dem Wagen und auch dieser Herr wartete auf mich, nur diesmal war es Bill.

Er strahlte voll Freude und wirkte sportlich elegant in seinen engen Bluejeans und Karohemd. Wieso merkte ich nur jetzt was für ein prächtiger Mann er ist?

Er kam mir entgegen mit offenen Armen und küsste mich mit Wärme.

»I missed you very much, can you understand? I hope you feel the same.«

Ein feines Lächeln erhellte sein Gesicht.

»Falls du Hunger hast musst du noch warten, es gibt ein gutes Restaurant gleich nach der Ausfahrt von Malibu. Siehst wunderschön aus, hast eine erfolgreiche Woche gehabt?«

»Ah, ja, wenn es um meine Arbeit geht, schon. Weißt du, dass ich mich mit Mike verabredet habe?«

Bill fragte nichts, ich merkte ein Blitz in seinen dunklen Augen.

»Er hat mich zum Abendessen in einem Restaurant in Hollywood eingeladen, hat vorgeschlagen wir sollen gemeinsam ein Weekend in Las Vegas verbringen, ich habe es höflich abgelehnt und das war dann alles.«

»Wird er dich noch anrufen?«

Seine Stimme verriet einen provozierenden Ton.

»Nein, ich glaube es nicht, du sollst dir darüber keine Gedanken machen. «

»Perfekt, dann verdiene ich ein Küsschen. Ich kann nichts dafür, dass mehrere Männer in dich verliebt sind, die Wahl liegt jedoch in deinen Händen. «

»Bill, bitte verstehe mich gut. Es geht nicht um Konkurrenz und Wahl. Wenn ich liebe, dann liebe ich vom ganzen Herzen und der Rest der Welt spielt keine Rolle mehr. In dieser Woche wo du nicht angerufen hast, habe ich dich sehr vermisst. Das Treffen mit Mike hat mir meine Gefühle bestätigt. «

»Ich habe dich nicht angerufen, weil ich diese Woche sehr beschäftigt war, angesichts dieser Urlaubstage, die ich gemeinsam mit dir verbringen wollte. Für mich es war eine Qual, deine Stimme nicht hören zu können. Jetzt bist du aber da, neben mir. Bald werden wir dieses nette Restaurant erreichen. Erzähle mir etwas Schöneres, als das Treffen mit Mike. «

Ich habe verstanden, wie sehr mein Treffen mit Mike ihn verärgert hat. Ich umarmte ihn, küsste und sagte leise:

»Ich liebe nur dich, es ist mir klar und es soll auch dir klar sein. Mike ist nur ein Freund, von wo sollte ich wissen, dass er mich nach Las Vegas einladen wollte? Dazu noch etwas, er hat mir einen Heiratsantrag gemacht. «

Bill war außer sich, versuchte sich trotzdem zu beherrschen und sagte mit leichtem Humor.

»Ich hoffe, du hast es abgelehnt, ansonsten würdest du Zeugin eines Eifersuchtsmordes, sein. «

Um die Atmosphäre ein bisschen zu lockern, fügte ich hinzu.

»Du hast nicht einmal bemerkt, dass ich die Navajo Juwelen, die du mir geschenkt hast, trage. Ich habe sehr daran gedacht, was könnte ich dir schenken, etwas was an mich erinnern soll? «

»Ja Lilianne, etwas kannst du schon machen. Irgendwann, ich weiß nicht wann, schreibe über mich, schreibe über unsere Liebe, über die Liebe, die ich für dich empfinde, die von Tag zu Tag stärker ist, die mich blendet und manchmal habe ich das Gefühl nicht mehr bei Sinnen zu sein. «

Wir merkten dass wir das Restaurant verpasst hatten, hielten also an einer Tankstelle, kauften auf schnelle je einen Cheeseburger und fuhren weiter auf diesen unbeschreiblich schönen Pacific Highway.

Wir näherten uns Santa Barbara, ich kannte die Umgebung.

»Erinnerst du dich an unsere gemeinsame Reise nach Santa Barbara vor einem Monat? Wir beide haben bereits gemeinsame Erinnerungen, wie schnell vergeht die Zeit«.

»Ja, die Geschichtsstunde über den Chumash Indianer Stamm habe ich sehr genossen«, erwiderte ich lachend und blickte zu Bill.

»Freches Mädchen bist du. «

In Santa Barbara, erblickten wir von der Ferne das Haus; eine graue unfreundliche Erscheinung. Man merkte, dass es unbewohnt ist und auch die Nachbarhäuser waren unbewohnt.

Bevor ich das Haus betrat, hatte ich eine Hemmung, ich drehte mich sogar um, mit der Absicht mich zu entfernen. Bill merkte es.

»Lilianne, bitte nicht so, ich will nicht dass du dich als Fremde fühlst. Das Haus ist mein, ich hatte es renovieren lassen und es wird in meinem Besitz bleiben auch nach der Scheidung. Perry mochte dieses Haus nie, sie ist nicht mehr da gewesen, sie wird auch nicht mehr kommen. Ich werde jetzt das Feuer im Kamin zünden, um es uns gemütlicher zu machen und dann gehen wir zum Beach, um ein bisschen Sport zu treiben, etwas Bewegung kann uns nur guttun. «

Gesagt und getan.

Es war Februar und das milde Klima Kaliforniens ist ein Segen, dass man nicht genug schätzen kann. Im Gegenteil, der Pazifische Ozean war kalt und ich konnte nur für eine kurze Zeit schwimmen, außerdem die kräftigen aggressiven Wellen haben mich ein bisschen erschreckt. Versuchte mich mit Jogging entlang des Strandes zu trösten.

Bill wagte sich zum surfen und er tat es mit voller Begeisterung. Später erfuhr ich, dass er ein echter Profi in dieser Disziplin war. Stolz, dass wir eine Kraftprobe gegen Wasser, Wind und Kälte gesetzt hatten, erschöpft doch zufrieden, kehrten wir ins Haus zurück.

Das Feuer im Kaminofen drohte zum erlöschen, doch es herrschte eine angenehme Temperatur und der Geruch von Brennholz breitete sich im ganzen Haus aus.

»Ich werde etwas Holz auf das Feuer legen, die Abende und Nächte hier am Ufer des Ozeans sind kalt. Du könntest frieren, in schlimmsten Fall sogar ein Erkältungsopfer werden und ich möchte dich nicht auf mein Gewissen haben. Währenddessen du solltest in deinem Zimmer ins Obergeschoss gehen, dort gibt es eine Dusche, der Boiler ist eingeschaltet, geh schnell du bist voll nass. «

Im Obergeschoss waren drei Schlafzimmer und zwei Badezimmer. Im Erdgeschoss außer der Küche, Wohnzimmer und eine Art Bibliothek mit einem Schreibtisch, waren noch ein Gästezimmer und ein Badezimmer. Als ich das erste Mal in diesem Haus als Gast der Familie Warren war, bewohnte ich ein Zimmer in Erdgeschoss. Damals hatte man mir ein Holzbett mit einer Wassermatratze organisiert, die ich höflich abgelehnt hatte. Die Warrens wurden dann gezwungen, für mich, eine Strandmatratze und eine elektrische Decke zu kaufen. Die ganze Zeit hatte ich damals das Gefühl auf einem Gangbett in Krankenhaus zu liegen.

Diesmal schickte mich Bill in ein Schlafzimmer im Obergeschoss, das wesentlich eleganter und gemütlicher möbliert war.

Es war ein Genuss die Dusche zu nutzen. Seife brauchte ich nicht, ich genoss das Wasser, den Duft und Glätte des Wassers.

Sehr früh erkannte ich, dass außer Badeanzug und Badeschuhe, überhaupt keine Unterwäsche oder Kleider zum Umziehen mitbrachte. Auf die Schnelle, habe ich die Türe eines Schrankes geöffnet und dort stapelten über einhundert Hemden, sicher von Bill. Ohne lange zu überlegen, entschied ich mich für ein lässiges knielanges Hemd. Es gefiel mir sehr, es war aus wunderschöner kornblumenblauer Seide, passend zu meinen blauen Augen.

So spärlich bekleidet und versuchend meine Haare mit einem Handtuch zu trocknen, eilte ich die Treppe hinunter ins Erdgeschoss.

Bill beendete eben das Arrangement rund um den Kamin. Er brachte noch zwei mollige Tigerfelle und einen kleinen Couchtisch. In der Nähe stand noch ein Korb gefüllt mit Brennholz.

Er hörte meine Schritte, drehte sich um und staunte mich lange an.

»So hatte ich dich noch nicht gesehen, eigentlich du hast mir nie die Gelegenheit gegeben. Lilianne, bist wunderschön, warum hast dich so lange Zeit versteckt? Jetzt beim Abschied von L.A. willst mich dazu bringen zu bereuen, dass ich früher nicht insistiert habe? Doch, wie hätte ich beharren können? Die Konjunktur bei dir und auch bei mir war so gut wie feindlich. Seitdem wir uns kennen, hatte ich mir in Kopf gesetzt von dir Abstand zu halten, meine Regung zu besiegen, ich dürfte mich nicht in dich verlieben, weil ich wusste, dass wir nicht zusammen bleiben können, es ist mir bewusst gewesen, dass das nur zum Leid führt.«

Mit langsamen, aber sicheren Schritten, Bill näherte sich, legte den Arm um meine Taille, zog mich zu sich, die andere Hand glitt unter mein Hemd und fühlend meine Nacktheit, streichelte sanft meinen Schamhügel und spielte mit den Haarstreifen, sodass ich zu Zittern begann. Seine Finger avancierten und probierten die weichen Tiefen sensueller Erregungen, während Bill mich leidenschaftlich küsste, hielt mich stark an ihm gepresst. Plötzlich knöpfte er mein Hemd auf und begann mit einer unglaublichen Feinheit meine Schultern und meine Brüste zu streicheln. Kniete vor mir, streichelte sanft meine Schenkel, glitt sein Gesicht zwischen meine Waden und versuchte den Kontakt mit den geheimsten und intimsten Plätzen der Begierde. Ich war so überrascht, mein Körper war dermaßen elektrisiert, dass ich versuchte mich loszulösen. Bill hob sich, umarmte mich mit Passion und flüsterte in mein Ohr:

»Ich liebe dich, ich habe es dir tausendmal gesagt. «

Die Flamme im Kamin war so einladend, dass ich mich auf eines dieser Felle legte, das Feuer betrachtend und mit den Gedanken irgendwo und nirgendwo.

Kurioserweise man ist in einen Zustand der Erwartung, man ahnt, was passieren wird, man weiß aber nicht genau wie und die Emotion beginnt dich zu beherrschen.

Plötzlich, von der Bibliothek kommend, hörte ich eine Melodie; ich erkannte sie gleich, es war eine wunderschöne Arie aus der Verdis Oper „Il Trovatore".

Nach einer Weile kam auch Bill, gut aufgelegt, gekleidet in ein legeres Hemd mit langen Ärmeln. Schaute kurz in der Küche herum und kehrte zurück ins Living.

»Was wünschst du, einen Whisky, einen Gin und Tonic, Cognac, Bourbon oder besser ein Glas Champagner? Eigentlich es ist gefährlich Alkohol zu trinken, weil wir heute sehr wenig Essen zu uns genommen haben und der Kühlschrank hier ist leer. «

»Du weißt sehr gut, dass ich keine Freundin alkoholischer Getränke bin, aber in diesem Augenblick würde ich ein Glas Champagner schätzen. «

»Wunderbar, ihr Diener steht zur Verfügung und ist begeistert, seiner Prinzessin, ein Glas Veuve Clicquot anzubieten. «

Nachdem Bill mir das Glas mit Champagner ausgehändigt hat, setzte er sich auf das Fell, auf die andere Seite des Kamins, nahm eine seiner bevorzugten entspannten Position ein, hob das Glas und warf einen durchdringenden Blick in meiner Richtung.

»Ich weiß, dass du ein *Faible* für Verdi hast, deswegen habe ich diese Melodie ausgewählt. Es gefehlt mir sehr und die Musik ist himmlisch. Das Thema ist aber konfus, unübersichtlich, in hohem Grade unklar. Liebe, Eifersucht, Mord, Azucena, Leonora, Graf Luna, Manrico und der berühmte Chor *„Chi del gitano I giorni abbella"*. Verdi war sehr inspiriert, als er diese Oper komponiert hat, die knalle Arien erfolgen eine nach der andere. Da sind einige dieser.

Di Luna liebt **Leonore**, *„Il balen del suo sorriso"* und *„Per me ora fatale"*, auch **Manrico** liebt **Leonore**, *„Ah si, ben mio, coll'essere"*.

Doch **Leonore** liebt **Manrico**,*"Tacea la notte placida"* und *„Di tale amor"*,**Di Luna** ist eifersüchtig, bedroht **Manrico** mit dem Tod, **Leonore** will lieber sterben, als **Di Luna** zu heiraten, *„Prima che d'altri vivere"*.

Man pendelt zwischen Leidenschaft, Drama, Schmerz und Grausamkeit. Ich weiß nicht warum, aber die Liebe von **Di Luna**, voll Passion und Zuneigung, für mich, hat mehr Durchsetzungskraft als die von **Manrico**. «

Während er sprach, begleitet von Verdis Melodien, Bill nippte den Champagner aus seinem Glas und rutschte immer mehr in seine beliebte Entspannungsposition. Er starrte in das Feuer und von Zeit zu Zeit warf mir einen Blick voll Fragen zu.

So wie er lag, mit einem gehobenen Bein, ich erblickte plötzlich sein so schönes männlichen Organ, beleuchtet von den Flammen des Kamins. Es lag so friedlich zwischen seinen Schenkel, es war so wohlgeformt, dass ich mich nicht verhindern konnte an die Davids Statue in Piazza della Signoria in Florenz zu denken.

Ich erinnere mich, als ich die Statue und dann das Original in der Galleria dell'Accademia in Florenz sah, fragte mich, wem konnte Michel Angelo als Modell gehabt haben? Wie viel Perfektion in vollem Umfang, was für eine erhabene Darstellung des männlichen Organs. Warum verstecken es die Männer so sorgfältig? Wer weiß, wahrscheinlich ertragen sie nicht den Vergleich mit der Perfektion von David? Doch, wie viele haben von David gehört?

Bill merkte wahrscheinlich meine Kontemplation, sodass er den Rand des Tigerpelzes, auf dem ich lag, erwischte und zog ihn zu sich. Mit einer langsamen Bewegung entfaltete er meine Beine, zog mich immer mehr zu sich, bis ich eine leichte Berührung meines intimen Bereiches zu seinem männlichen Organ spürte und ein Nervenkitzel, wie ein elektrischer Strom, ging durch meinen ganzen Körper. Unsere langen Hemden verdeckten die Liebesszene, wir taten nichts, wir bewegten uns nur näher und näher. So wie Bill, ich hielt das Champagner Glas in der Hand. Sein Blick war voll Leidenschaft, er zitterte so wie auch ich, wir kämpften gegen unsere Instinkte und verlängerten bewusst diesen Wartezustand.

»Je t'aime tellement, je t'adore. «

Auge im Auge, wir tranken aus unseren Champagner-Gläsern, genossen jeden Schluck, ohne Eile aber zitternd. Gleichzeitig die Spins seines Glanzes, auf der Suche meines verwundbaren Bereiches, wurden immer deutlicher spürbar.

Mit der gleichen Langsamkeit, als würden wir die Zeit anhalten wollen, stellten wir die Gläser auf den Boden, wir kamen uns näher und näher, mehr und mehr, wir umarmten uns, unsere Beine kreuzten sich eng umeinander herum und ich spürte, wie er mich drangt.

Wir vereinten uns.

»Je t'aime, je t'aime, tu ne peux pas savoir à quel point je t'aime«, flüsterte er in mein Ohr.

Ein kräftiger Schauder durchzog meinen ganzen Körper. Ich spürte ihn tief in mir, spürte wie er vergrößert, heranwächst, wie er sich bewegt, sogar rotiert, während ich, instinktiv und unkontrolliert, streichelte ihn mit meinen internen Muskeln und folgte ihm synchron in seinen Bewegungen, wie in einem Spiel. Ist es aber etwas anderes als ein Spiel?

Wir hatten uns so stark und so tief durchdrungen, mit so viel Leidenschaft, so viel Passion, dass unsere Schambeine sich buchstäblich verklebt hatten. Wir waren seelisch und körperlich eins und wir blieben so für eine Weile. Langsam legten wir uns auf dem Tigerfell, zur Seite, dann auf dem Rücken und wir begannen die Reihe der rhythmischen Bewegungen. Er machte es langsam, mit totalem aus und ein, sodass die Reibung ein unglaublicher Genuss, eine unglaubliche *sensation de plénitude* bewirkte. An einem bestimmten Augenblick, Bill blieb komplett aus und setzte seinen witzigen kleinen *meatus uretrae extrenus* über meine Klitoris und drückte so, als würde er sie schlucken.

»*Je vais t'engloutir, ma chérie* «, flüsterte er in meinem Ohr.

Ich bekam ein Schwindelgefühl von Brennen und es war wie ein elektrischer Strom, der meinen ganzen Körper durchzieht. Bill küsste und streichelte den ganzen Hohlraum des Genusses. In den nächsten Sekunden, Bill drang wieder tief in mich, deckte mein Gesicht mit Küssen, hielt mich fest, drehten uns auf eine Seite und vertieften uns in den rhythmischen Bewegungen. Alles war so perfekt, fast von sich selbst, beide harmonierten fantastisch in diesen Sinusoiden Wellen der Lust. Jede Bewegung, jede Position kam von sich selbst. Beide spürten, dass wir bald den Höhenpunkt erreichen werden, wir drehten uns auf meinem Rücken, Bill erhöhte die Geschwindigkeit und in dem Augenblick wo bei mir *die Suprême Ex* sich wie ein Erdbeben entfesselte, Bill drückte auf mich sein Schambein und ich spürte die starken lebensbringenden Schellen.

Wir traten gleichzeitig in diese fantastische Entfesselung der Energie beider Körper die sich gesucht, gefunden und geliebt hatten bis zum *paroxysm.*

Wir waren ineinander verschmolzen und wir hätten uns gewünscht diese Freude bleibt für die Ewigkeit. Bill fiel mit seinem Kopf neben mich, mit seinem Arm und einem Bein über meinen Körper, deckend durch das stark zerknautschte Hemd. Wir blieben gekettet in dieser Position und schlummerten für eine gute Weile.

Beim Aufwachen, mit noch keinem offenen Auge spürte ich, dass etwas in mir fing wieder an zu wachsen, während ein leichter Faden weißlicher Flüssigkeit entlang meine Waden sickerte. Ja, ich spürte ihn in mir, wie er auf zu schwellen begann. Stöhnend von Lust, traten wir beide in den verrückten Sturm der rhythmischen Bewegungen, beide spürten nichts anderes als eine kontinuierliche und immer wachsende, stärkere, fast unerträgliche Erregung, und in nicht mehr als zwei Minuten erreichten wir den Gipfel des Genusses mit einer Stärke und Dauer die uns völlig erschöpft hat. Wir schliefen auf dem Boden ein, auf einem der Tigerfelle, bedeckt vom anderen.

Wir erwachten spät nach Mitternacht. Es wurde kalt, Bill packte mich mit seinen kräftigen Armen und trug mich in ein Zimmer des Obergeschosses, wo wir fest aneinander gebunden in einem Bett einschliefen.

Ich war voll von dieser weißlichen viskösen Flüssigkeit die ich in so großer Menge bekommen hatte und die ich in mir so lange wie möglich behalten wollte. Ich weiß es nicht, aber, diese besondere Flüssigkeit gab mir das Gefühl von Vollkommenheit, von *Plénitude*, ich mochte wie er alle meine Hohlräume abschmierte, es war ein Teil von Bill, es war der materielle Beweis unserer Liebe.

Letztendlich es war das Leben.

Denn, mehr als dass was wir geistig und intellektuell für einander fühlten, unsere Freundschaft, unsere gemeinsame Neigung, wir merkten voller erstaunen die perfekte Anpassung und Übereinstimmung unserer Körper. Als wären wir genau für anderen bestimmt gewesen.

Am Morgen, spürten wir einen großen Hunger und weil der Kühlschrank des Hauses leer war, schlug Bill vor wir gehen zum McDonald, der ganz in der Nähe lag.

»Ich habe einen Vorschlag, willst Du dass wir nach Moro Bay fahren, wo man Austern züchtet? «

»Ausgezeichnet, aber du sollst nicht vergessen, dass wir uns irgendwann auf den Weg nach Hause machen müssen«, erwiderte ich.

»Lilianne, willst du mich wieder alleine lassen? Komm, sollen wir auch in dieser Nacht hier bleiben und ich verspreche, dass ich dich morgen nach Hause fahre. Es ist sowieso für mich ziemlich schwer zu akzeptieren, dass du in Kürze, L.A. verlässt. Ich dachte, ein gemeinsames Wochenende, könnte meine Sehnsucht nach Dir stillen. Erschreckend, ich fühle mich mehr und mehr an dich gebunden, meine Leidenschaft ist immer größer, wir sind für einander geschaffen. Wie könnte ich dich weggehen lassen? Verstehst du nicht wie viel ich dich liebe? *Je t'adore, je t'aime, je suis fou de toi.* Weißt du was das bedeutet? «

Wir machten uns also auf dem Weg nach Morro Bay. Entlang des Wegs hielt ich mich fest an Bill an und bedeckte ihn mit Küssen.

»Lilianne, ich kann nicht fahren, du machst mich wahnsinnig und dann gehst du fort und lässt mich allein. «

Der Tag am Morro Bay war traumhaft. Austern, Whisky; in der Ferne konnte man Hurst Castle sehen. Ein Sprung und wir waren drinnen, in diesem, von Hurst selbst genannten, Ranch wo er viele Kostbarkeiten aus Europa, vorwiegend Italien, sammelte. Am Ufer des Pazifischen Ozeans hatte er damals einen Hafen bauen lassen damit seine Schiffe mit Ladungen einfacher ankern sollten.

Die Sammelstücke lagen überall, unberührt in einem unbewohnten Haus, lebend vor Glanz vergangener Jahren.

Komisch, einige Monate später erfuhren wir von der sogenannten Entführung der Hurst-Enkelin, beendet durch eine schreckliche Schießerei in Los Angeles. Ja, und diese Schießerei und die Befreiung der Enkelin, wurde Live im TV übertragen. Man vermutete damals, dass es nur eine Schein-Entführung war, um Lösegeld zu erpressen.

Am späten Nachmittag machten wir uns auf dem Weg zurück nach Santa Barbara. Einen kurzen Spaziergang entlang dem Strand und weil es bereits kalt war, traten wir in das Haus.

Bill zündete das Feuer ins Kamin. Nach so vielen Austern, wir genossen ein Glas Whisky.

Bill war unruhig, drehte sich herum, bewegte sich von einem Eck in das anderen, Treppen rauf und runter, dann kam er zu mir und nahm mich in seine Arme.

Ich spürte seine Besessenheit von mir und begann ein bisschen Angst zu haben. Seine Küsse waren immer leidenschaftlicher, immer verzweifelter. Wir haben uns überall geliebt, in allen Zimmern, in allen Betten, unter der Dusche, auf der Couch, auf dem Tisch, vor allem auf dem Boden vor den Kamin.

Kaum waren wir raus aus einer Ekstase, wir bereiteten uns vor auf die nächste, Bill war immer unersättlicher von Genuss, von Lust. Wir hatten nicht genug von uns zu sehen, uns zu berühren und zu streicheln. Bill war außergewöhnlicher Virilität.

»Du hast eine außergewöhnliche Samthaut, die ich bislang noch nie getroffen habe. Wenn ich dich mit meinem Körper berühre, fast mich so eine Erregung, dass ich mich nicht halten kann mit dir zu verschmelzen, in dich einzudringen. Weißt du, es ist bereits nicht mehr so wichtig, dass wir den Höhepunkt erreichen, es reicht nur, dass wir uns nahen mit Leib und Seele. Ich will dich nur für mich haben. «

Am nächsten Vormittag sollten wir wegfahren, doch es war unmöglich. Schlechthin Bill konnte sich von mir nicht trennen. Wegfahren konnten wir so zu Mittag, des nächsten Tages. Unser Wahnsinn bedarf einige Zeit um sich zu konsumieren.

Die nächsten drei Wochen bis zu meiner Abreise haben wir gemeinsam verbracht. Er holte mich, zwischen 17 und 18 Uhr von der Uni, wir aßen etwas in einem Restaurant in der Nähe und vergnügten uns bei kleineren Shoppingtouren. Wir übernachteten in meiner kleinen Wohnung. Erfreulicherweise, meine Kollegin AnnMay hatte ihren New Yorker Aufenthalt verlängert.

Einmal sind wir zum Dinner nach Chinatown gefahren. Alle Weekends hatten wir im Haus am Beach in Santa Barbara verbracht. Wir hatten uns einmal gefragt, ob es nicht möglich wäre, zusammen zu bleiben. Es hat sich erwiesen, dass eine vernünftige Antwort sehr schwer zu geben war.

Bill hatte noch sehr viele Sachen in Ordnung zu bringen. Es war die Scheidung von Perry, die Verantwortung gegenüber den zwei Söhnen und einer Tochter und dann, nicht zu vernachlässigen, war die Beziehung mit Lucy-Elenor.

Ich lebte alleine, strebte eine professionelle Karriere an und wünschte für die Zukunft eine Beziehung ohne jegliche Komplikationen, ich wünschte mir eine eigene Familie.

Nicht zu übersehen war der Altersunterschied zwischen uns, von etwa zwanzig Jahren und es war noch etwas.

Die Leidenschaft und die possessive Tendenz von Bill haben mich erschreckt. Er hatte auch einige Eifersuchtsanfälle gehabt und ich bekam die klare Intuition, dass mich so etwas zerstören wurde und ein Leben mit ihm würde mich nicht glücklich machen. Er überwältigte mich.

Bill nahm mich in Beschlag, er saß stundenlang neben mir, um mich beim Arbeiten zu beobachten, um mich zu streicheln, in der Nacht mich immer wieder zu umarmen. Ich hatte keine Ruhe mehr, ich konnte nicht mehr klar denken, er war immer da.

Wahrscheinlich, in der Vergangenheit, hat er an Verdrängung seiner Gefühle gelitten, jetzt war die Auslösung. Von sentimentalem Unglück würde auch mein Leben nicht verschont geblieben.

Wir hatten uns zu spät getroffen, zu unrechter Zeit und an einem falschen Treffpunkt und es war höchste Zeit, dass wir aus diesem Wahnsinn aufwachen.

Zu meiner Abreise aus L.A., führte mich Bill zum Flughafen.

Auf einmal er hat das Auto an einem Parkplatz angehalten, schaute mich voller Verzweiflung an, griff tief in meinen BH, beugte sich, und brach in Tränen aus und küsste leidenschaftlich meinen Busen.

»Lilianne, ich kann es nicht glauben, dass wir uns nicht mehr sehen werden. Schick mir deine neue Anschrift, ich werde dich in New York besuchen. Wir bleiben sowieso über Telefonate in Verbindung, man kann nicht wissen was das Leben uns beschert. «

Absonderlich, obwohl wir wussten, dass alles ein Ende hat, wir leben in der Hoffnung einer Verlängerung, einer Wiederholung, wir können nicht akzeptieren, dass alles endgültig beendet wurde. Warum? Wahrscheinlich weil wir uns liebend getrennt hatten? Wir hatten uns geliebt, doch vom Anfang an gewusst, dass es keine gemeinsame Zukunft für uns gibt.

Eine Weile hatten wir uns fernmündlich verständigt.

Bill hatte schwere familiäre und berufliche Zeiten durchleben müssen und hat mir über alles, mit vielen Einzelheiten, erzählt. Jedes Mal betonte er, dass ich das einzige Licht in seinem Leben gewesen bin, er kann mich nicht vergessen, nach Santa Barbara war es für ihn unmöglich mehr zu fahren und er hat das Haus verkauft.

Ich hatte ihn einmal nach New York eingeladen, er sagte zu, nachher sagte er hat Angst mich zu treffen.

Nach der Scheidung von Perry, Lucy-Elenor hatte ihm unter Druck gesetzt und er musste sie heiraten. Ab dieser Zeit, unsere telefonische Verbindung wurde beendet.

Durch einige gemeinsamen Bekannte erfuhr ich, dass Bill die Pension angetreten hat, bevorzugt die Einsamkeit, beschäftigt sich mit Kartografie, liegt im Haus und zur Verzweiflung der Familie, hört er stundenlang Melodien der Oper „Il Trovatore". Nachher, habe ich von ihm nichts mehr gehört, obwohl nicht mal drei Jahre vergangen waren.

Was bedeutete mir Bill? Schwer zu sagen; wir haben uns geliebt doch für tiefe und langfristige Gefühle muss man mehr Zeit miteinander verbringen. Wir waren eine sehr kurze Zeit zusammen.

Es gibt Augenblicke im Leben eines Menschen, das man tatsächlich nehmen soll was einem das Leben bietet und mit höchster Intensität. Es ist das, was ich gemacht hatte.

Sofort nach meiner Ankunft in New York begannen meine Vorlesungen an der XX- University.

Es war eine spezielle Vorlesung und wurde nur von wenigen Studenten inskribiert.

Doch in der ersten Reihe bemerkte ich einen Studenten, der mich mit viel Aufmerksam hörte und mich irgendwie merkwürdig anstarrte. Seine Anwesenheit hat mich am Anfang ein bisschen schockiert, aber später habe ich mich daran gewöhnt. Im Laufe meiner Laufbahn habe ich mich an dieser juvenile Bewunderung gewöhnt.

Ich kann mich an einen besonderen Professor für Französisch erinnern, den Professor George Hangan, den ich schon im Gymnasium hatte. Er sah hässlich aus, humpelte, eine Hand war kleiner und gelähmt, man hat gemunkelt, dass er mit der Zange geboren wurde. Er war aber äußerst intelligent, hatte so eine Ausstrahlung, er konnte unser Vorstellungsvermögen dermaßen fördern, er kleidete sich so elegant, hatte vornehmen Manieren, war höflich, behandelte uns als würden wir alle erwachsene Ladys, obwohl wir nur kleine gewöhnliche Teenagers waren, sodass wir alle in ihm verliebt waren. Und er war nicht schön, nicht jung und überhaupt nicht reich. Unglücklicherweise für uns alle, er war verheiratet mit einer wunderschönen Frau.

Wenn ich jetzt an ihn denke, wird meine Idee bestätigt dass, um eine Frau zu erobern, ein Mann nicht unbedingt gut aussehen oder jung sein muss, er braucht nur diese Ausstrahlung, diese Finesse, diese Intelligenz um Mädchen zu verführen.

Und jetzt zurück zu meiner Vorlesung.

Es war kurz vor Weihnachten, es war bei der vorletzten Besprechung, die ich gehalten hatte. Plötzlich, im Türrahmen erschien der genannte Student und fragte mich, ob wir uns einige Minuten unterhalten könnten.

Er war diesmal sehr elegant angezogen, hat nicht wie ein Student ausgesehen und hatte ein dominantes Auftreten. War ein sehr schöner Mann und strahlte in einer starken Maskulinität. Er adressierte sich direkt.

»Vom Anfang an möchte ich sagen, dass ich kein Student dieser Fakultät bin und besuchte regelmäßig ihre Vorlesung nur aus persönlichen Gründen, ich wollte sie auf diese Art und Weise besser kennen lernen. Außerdem sollte ich ihnen etwas aushändigen«.

Ich bekam von ihm ein Kuvert. Als ich es öffnete, rutschten zwei Tickets heraus für die Rose Bowl von 1 Jan. 19xx.

»Wer sind sie? « fragte ich mit einer aufgeregten Stimme.

»Ich bin Jason Warren. Mein Vater ist vor sechs Monaten verstorben; er hat mir alles über Sie erzählt und ich habe versprochen sie zu besuchen und die zwei Tickets zu überreichen«.

In diesem Augenblick merkte ich der Jason ähnelte sehr an seinem Vater, seine Augen brannten mit gleicher Intensität. Er war ein sehr schöner Mann, brünett, mit einer Stimme mit tiefem Klang.

Jason führte mich nach Hause, wir haben uns befreundet, wir hatten unzählige Stunden zusammen verbracht, sehr viel geredet, uns immer besser kennengelernt.

An einem Tag sagte er mir:

»Lilianne, kannst du dich an diesem Tag erinnern, in L.A., wo du ein Strauß rote Rosen bekommen hast, mit einer Karte ohne Unterschrift? «

»Ja, ich kann mich sehr gut erinnern. Ich habe mich sehr oft gefragt, wer konnte der Verehrer sein, weil Mike oder Bill es nicht waren. «

» Liebe Lilianne, die Blumen hatte ich dir geschickt. Damals, bei der New Year's Eve Party in Pasadena, wurde ich auch eingeladen. Ich kam mit großer Verspätung, direkt von New York an. Ich habe dich, von der Elite des Klubs der Pensionierten, umgeben gesehen, du gehörtest aber nicht zu deren Welt. Mein Vater hat mir dann schnell gesagt, wer du bist und so hatte ich deine Anschrift erfahren. Damals hatte ich mich nicht vorgestellt, weil ich unbedingt am nächsten Tag in New York sein musste, aber ich hatte sehr oft an dich gedacht. Deine Gestalt hat mich eine lange Zeit verfolgt, ich war sicher, wir werden uns an einem Tag treffen. «

Die Beziehung zwischen mir und Jason wurde immer enger, wir haben uns ineinander verliebt, wir haben geheiratet, Jason Warren ist mein erster Ehemann gewesen.

»Ich glaube, nach dieser Geschichte, wir brauchen einen Ruhetag. Lilianne, mein Gefühl ist, dass diese Geschichte verdient verfilmt zu werden. Sollen wir uns einmal einen Produzenten schaffen, dann einen Regisseur, was glaubt ihr, meine lieben?«

Die Atmosphäre begann gleich locker zu sein; es folgte die gleiche Szene mit dem Viertel Rotwein und die Minuten der vollkommenen Entspannung.

Am nächsten Tag Pause und dann die Geschichte von AnnMay.

Akademisches Flair

Kurze Zeit nach der Abreise von Lilianne, bin nach Los Angeles zurückgekehrt. Erfreulicherweise konnte ich die gleiche Wohnung bekommen, sie war bereits möbliert und die Küche mit elektrischen Geräten bestens ausgestattet. Ich hätte nicht alles notwendig gehabt, doch weil es da war, freute es mich.

Von der Lilianne bekam ich das ganze Geschirr und einen Stapel neuer Bettwäsche. Das alles hat mein Leben wesentlich vereinfacht, nicht nur wegen anfälligen Kosten, sondern wegen verlorener Zeit bei der Suche in den Läden großer Kaufhäuser. Außerdem, mein Aufenthalt in Los Angeles durfte nicht zu lange sein, ich dachte, eventuell nur bis Anfang des Sommers.

Gleich danach sollte ich an einem UNESCO -Projekt teilnehmen. In L.A. ich bekam eine kurzfristige Stellung an einem Institut der UCLA School of Law, eine der ältesten und renommiertesten Rechtswissenschaftlichen Fakultäten an der Westküste der Vereinigten Staaten. Übrigens ich arbeitete an meiner Dissertation.

Anne, die Schwester Helm Coburns, war eine Bekannte von mir, sie unterrichtete am selben Institut wie ich. Ihr Aussehen erinnerte an Eleanor Roosevelt. Sie war eine resolute und autoritäre Person, aber sehr freundlich und äußerst hilfsbereit. Sie ist ledig geblieben und ihr ganzes Leben war von der Persönlichkeit Helms beeinflusst.

Nach so, guten zwei Wochen, Anne und ihre Freundin Rose haben mich gefragt, ob ich mit ihnen an einer Party eines ihres

Freundes, Steve, in Malibu, teilnehmen möchte. Von der Einladung war ich nicht besonders begeistert, ich hätte mir gewünscht eher zu Hause zu bleiben, weil in dieser so berühmten Gegend, viele Schlangen beheimatet sind.

Ja, es gibt Schlangen nicht nur in Malibu, auch in Bel Air und Beverly Hills, überall wo es Felsenlandschaften gibt und es warm ist. Die Bewohner benutzen einen Spray gegen Schlangenbisse, ich fürchte mich nur bei den Gedanken, dass irgendwo in meiner Nähe solche Tiere existieren.

Stellt euch vor, man kauft sich eine Villa in der nobelsten Gegend von Malibu, mit Swimmingpool, Jacuzzi, wie es sich gehört, man steht auf mit großer Lust auf das Schwimmen im Freien, man läuft zum Pool und dort trifft man beim Sonnenbaden ein Exemplar der Familie Serpantes. Na ja, so dramatisch soll es doch nicht sein. Schlimmer wäre, wie in Süd Afrika, wo manchmal uneingeladene Tiger am Pool sich abkühlen.

Die Malibu Einwohner betonen, dass ihre Schlangen eigentlich ungiftig sind, nur dass man sehr schwer unterscheidet zwischen giftigen und ungiftigen. Also, sehr beruhigende Bemerkungen.

Und man darf sie nicht töten, sie sind gesetzlich geschützt! Mich beherrscht eine furchtbare Angst.

Wenn ich daran denke, dass in Everglades, in Florida, es gibt Golfplätze wo Alligatoren ohne jegliche Hemmungen spazieren.

Ich kann nur sagen, verrückte Welt!

In Malibu kann man elegante, extravagante, fantasievolle Villen bewundern, es gibt aber auch genug freie, wilde, unbebaute Areale, Grundstücke oder auch unbewohnte, verlassene *Homes*. Die Landschaft ist nicht immer die, die man erwartet.

Außerdem dieses Fehlen von Menschen auf den Straßen, weil alle fahren Autos, ist für einen New Yorker und noch mehr für einen Europäer sehr ungewohnt.

Steve

Steve wohnte in ein wunderschönes Haus mit Swimmingpool und Garten voll Orangen und Zitronenbäumen. Es haben sich ziemlich viele Gäste angesammelt, Steve hat ein exquisites Buffet organisiert mit unzähligen Köstlichkeiten und fantastischen kalifornischen Weinen.

Steve und Anne waren seit vielen Jahren Kollegen, gehörten demselben Institut an.

Plötzlich, Steve setzte sich zu mir, neugierig mich kennenzulernen.

Fast immer bei dieser Art von Treffen, man erzählt über das eigene Leben, Ausbildung, Bekannte oder Familie. Steve tat auch so und ich war eine gute Zuhörerin. Das war auch deswegen so, weil ich mehrere Einzelheiten über Steves Leben bereits von Anne mitbekommen hatte. Später haben wir uns befreundet und verbrachten zusammen viele Stunden.

Steve war geschieden, aus der Heirat blieben ihm drei Kinder, zwei Söhne und ein Mädchen.

Das Mädchen studierte Klavier und Schauspiel an das UCLA *School of Music* und *School of Theater*. Sie schaffte nicht ihr Diplom in einen künstlerischen Beruf umzuwandeln und strebte nach mehr Geld und einer hohen sozialen Position, sie lebte einige Zeit mit einem Deutschen Multi-Millionär, Dit. M., wesentlich älter als sie.

Ständig auf der Suche nach etwas Besserem, das Mädchen traf einen ehemaligen Kollegen ihres Bruders, einen Anwalt der vor eine glänzende Karriere stand. Seine Kanzlei war erfolgreich, er stieg zum richtigen Zeitpunkt ins Immobilien Geschäft ein und verdiente ein Vermögen. Die beiden haben geheiratet.

Steve hatte gemischte Gefühle, was diese Heirat betraf.

Er hatte mir, irgendwann einmal ein Foto des Schwiegersohnes gezeigt. Bei der Ansicht, sein Antlitz war mir unangenehm, gleich auffallend der große Mund und die Miene eines Klassischen Emporkömmlings. Gleich nach der Hochzeit hatte er vom Schwiegervater zwei Millionen Dollars für den Kauf einer Villa verlangt. Steve war über diese Forderung entsetzt, erfüllte dem Wunsch seines Schwiegersohnes nicht. Seitdem, ist er in Haus seines Schwiegersohnes, nicht mehr willkommen.

Steves zweiter Sohn Pierre war von Beruf her ein Informatiker. Ein ängstlicher Junge mit einem schmalen Körper und merkbaren großen Händen, sehr introvertiert. Lebte in einer Beziehung mit der ehemaligen Sekretärin des Instituts. Beide waren sehr scheu.

Ich glaube, dass die Frau, ohne besondere Ausbildung, litt an einen Minderwertigkeitskomplex. Die beiden nahmen an keinen Events der Familie teil, sogar bei dem Begräbnis der Großmutter waren sie nicht dabei.

Jetzt zurück zum Steve. Irgendwann reichte er die Scheidung ein. Nach mehreren Ehejahren brauchen die Eheleute eine Abwechslung? Ich würde mich nicht trauen eine Antwort zu geben.

Der Fall Steve war fast klassisch. Steve und Martha sind Schulkollegen gewesen, haben beide Jus an der UCLA studiert und dort auch promoviert. Martha hatte sich der Erziehung der Kinder gewidmet, wollte nicht arbeiten. Steve hatte sich weiter gebildet, indem er auch Archäologie studierte. Irgendwann, nach einigen archäologischen Ausgrabungen in Kappadokien, eine neue Frau, türkischer Abstammung, trat in Steves Leben.

Leila war die Übersetzerin des Forschungsteams und eine äußerst intelligente Frau. Sie hatte ein großes Vermögen von Ihren Eltern geerbt, wollte doch lieber nach USA auswandern.

Sie kam tatsächlich nach L.A. am Institut für Linguistik mit ein Lehrauftrag als Assistentin für die türkische Sprache.

Leila unterrichtete Studenten, aber selbstverständlich auch Steve in Türkisch. Diese Tatsache generierte dramatische Zustände in Steves Familie und so folgte die Scheidung. Steve und Leila wurden ein Paar doch Steve wollte nicht mehr heiraten im Gegensatz zu Leila, die nur an Heirat dachte.

Nach einem Jahr, Leila verließ L.A. und kehrte zurück nach Istanbul. Steve hatte sie mehrmals besucht, auch Leila kam einige Male nach L.A. doch die Beziehung hat nicht funktioniert.

Jetzt ist mir noch etwas aufgefallen. Ja, es scheint, dass eine der Sekretärinnen des Instituts sich in Steve stark verliebt hatte. Ob Steve von ihr angetan war, welche Art der Beziehung zwischen den beiden war, ich kann es nicht genau sagen, aber es endete dramatisch.

Eines Tages, nachdem Steve das Institut verlassen hatte, beging die Sekretärin Selbstmord. Steve behauptete, er kehrte zurück, um noch ein Buch mitzunehmen und fand die Sekretärin am Boden liegend. Er rief die Rettung und die Sekretärin wurde ins Spital gebracht. Am nächsten Tag verstarb sie.

Um den Fall wurde kein Wirbel gemacht, Suizid wurde am Institut nicht kommentiert. Auf alle Fälle die Anwesenheit Steves vor und nach dem Unfall, sogar einige Briefe der Sekretärin, die man in einem Fach ihres Schreibtisches fand, gaben gewisse Fragen über die wahren Gründe des Suizides. Juristische Konsequenzen gab es nicht, mindestens mir wurde nichts bekannt.

Das Benehmen Steves war nicht immer vornehm, eigentlich ich würde es als *de basse extraction* bezeichnen.

Ein Beispiel. Irgendwann, einer der Assistenz Professoren des Instituts verstarb und hinterließ testamentarisch seine eigene riesige Bibliothek dem Institut. Anstelle die Bücher in die Bibliothek zu bringen, Steve holte sie in sein Zimmer, behielt einige für sich und verkaufte den Rest.

So wie er alles erzählte, konnte man merken, dass Steve seine Freiheit offensichtlich genoss.

Steve fragte mich, ob wir uns so einige Male treffen könnten, um zu plaudern. Selbstverständlich stimmte ich zu, eigentlich hatten wir sehr viele interessante und professionelle Themen zu besprechen.

Ab nächster Woche und bis zu meiner Abreise von L.A., Steve blieb jeden Freitag länger am Institut und besuchte mich in meinem Zimmer. Wir plauderten über alles was unter Himmel und Sterne geschah, wichtiges und unwichtiges, witziges und seriöses, persönliches und allgemeines, und verbrachten zusammen so zwei bis drei Stunden, manchmal auch vier.

Nachher fuhr er mich mit dem Auto nachhause, dann *By by, see you later* und wir trafen uns wieder am Montag am Institut.

Beim Abschied, im Auto, beim *Shake Hands,* zog er sich so sehr komisch zurück, als hätte er Angst von einer besonderen Nähe zu mir gehabt.

Keine zweideutigen Fragen, kein bedeutungsvoller Händedruck, keine tieferen Blicke, überhaupt nichts von, dass was man sich üblicherweise erwarten hätte nach solch einen Marathon Gespräch. Trotzdem, besuchte mich regelmäßig, Freitagen. Um 14 Uhr stand vor der Tür.

Unsere Plauderei hat mir Spaß gemacht, trotzdem fragte ich mich, was wollte er von mir?

Es war eine Diskussion zwischen zwei Kollegen, doch es fand zu regelmäßig statt, wie beim vorprogrammierten Arzt Terminen, dauerte zu lange und es kamen viele persönliche Sachen ins Gespräch, um es nur als rein freundschaftliches Begegnung zu klassifizieren. Trotzdem es war nichts, es hat keine besondere Nähe gegeben.

Das Komische daran ist, dass die Kollegen am Institut tratschten und glaubten, dass es eine Nähe gibt.

Einmal, an einem Freitag, wo ich sehr viel arbeitete und keine Zeit für Lunch hatte, sagte ich zu Steve, dass ich hungrig sei und dass ich gerne mal eine Pizza essen möchte.

Er hat sich gefreut, fand die Idee großartig, auch er spürte Hunger. Wir besuchten ein italienisches Restaurant gleich ums Eck.

Wir bestellten eine *Pizza zur zwei deliciosa.* Bezahlt habe ich, weil Steve keine Geldbörse bei sich hatte. Übrigens, seinen Anteil hat er mir nie zurückerstattet.

Die Lektion war gut, ich bevorzugte nachher allein essen zu gehen. Trotzdem, das war ein Anlass zum Andenken. Der Vorfall hat einen bitteren Geschmack hinterlassen.

Steve hatte eine besondere Neigung für Messer, alle Sorten und alle Marken. Ja, Sie haben richtig gehört, Messer. Er trug kontinuierlich bei sich mindestens vier Taschenmesser.

Ich habe ihn einmal gefragt, warum trägt er so viele Messer bei sich? Er antwortete, dass es immer gut ist bei sich ein Messer zu haben. Zum Beispiel, wenn du Gusto auf einem Apfel hast und du musst ihn schälen, dann ist es hilfreich ein Messer bei sich zu haben!

Oh, habe ich gut gehört? Ich hätte mir eine männlichere Antwort erwartet, etwa zum Beispiel wie Verteidigung gegen Angreifer in der Nacht, oder gegen Tierattacken im Wald, doch auch dann ein einziges Messer hätte gereicht.

Diese, mehr als kindische Antwort, gab mir wieder zu denken. Steve war jedoch ein intelligenter Mann, hatte einen PHD in Archäologie und Jus. Naivität, Ehrlichkeit, Primitivismus, unerfüllte Wünsche aus der Kindheit?

Einmal habe ich ihn gefragt wie geht's seinen Messern?

Er öffnete dezent sein Sakko und rundherum seiner Taille kamen ungefähr zehn Messer zur Schau, *à la Josephine Becker Bananentanz!*

Steve kam aus einem Seminarraum und ich fragte mich, was wäre gewesen, wenn ein Messer auf den Boden gefallen wäre?

Ich hatte so getan, als würde mich das Thema „Messer" sehr interessieren und hatte ihn gebeten er soll mal seine ganze Messer-

sammlung mitbringen und mich über Herkunft gewisser Pracht-
stück zu unterrichten.

Das tat er gerne und an drei Freitagen haben wir uns nur mit
der riesigen Sammlung von hunderten Messern, aller Größen und
aus allen Kontinenten amüsiert.

Beim Bestaunen dieses Schatzes geriet ich in Ekstase und Steve
sowieso.

Dass was ich fantastisch finde, ist das Steve tatsächlich glaubte
ich sei an seiner Kollektion derart interessiert.

Er wollte mir sogar einen Gefallen tun, um zu betonen das gemeinsame Interesse zum Messertum. Stellt euch vor, Steve schenkte mir ein Messer!!

Es war ein Opinel aus der günstigeren Kategorie, klappbar, mit
Griff aus Holz und sehr scharfer Klinge. Wenn ich es länger anbli-
cke, finde ich es sogar schick. In jedem Fall, es war das erste und
bestimmt das letzte Mal in meinem Leben, das ich von einem Mann
ein Messer geschenkt bekommen hatte.

Doch die Männer sind voller Überraschungen!

Steve hat auch ein anderes Hobby, die Schusswaffen. Das verstehe ich besser, es ist etwas edler und männlich. Er bewahrt sie
vorschriftsmäßig, Gott sei Dank.

Steve besitzt auch einige Harley-Davidson und mehrere russische Motorräder, zwischen Ost und West soll also Frieden herrschen.

Er hat noch eine Sammlung von Kameras und hunderte von Fotos, die niemanden mehr braucht, auch er nicht, weil fast überall
erscheint seine Ex-Frau, die er sowieso vergessen möchte und das
ist nicht alles.

Steve hatte noch eine Sammlung von billigen Uhren, aus verschiedenen Lebensmittelgeschäften oder Tageszeitungen angebo-

ten oder gekauft auf Märkten wie *five – and- ten- cent store* und ähnlichen Geschäften. Er war stolz, dass bislang niemand merkte, wie billig seine Uhren sind.

Jetzt aber kehren wir zur Party in Malibu.

Anwesend wurden noch Jon Zipkin und der Architekt mit den schönen Namen von Lavalle Auguste Andrée, den ich vor einer Woche bei der Familie Leavy in Brentwood kennengelernt hatte.

Als Steve sich entfernte, um sich um die Gäste zu kümmern, Andrée nährte sich und fragte, ob wir uns hinsetzen könnten, im Garten, an einem Tisch.

Er war ein Mann so in den dreißiger Jahren, in der ganzen Entwicklungspracht männlicher Gestalt, mit stechenden grünen Augen, feine Gesichtszüge und eine athletische Figur. Ich war beeindruckt von seiner samtweichen Stimme und den Duft seines Aftershaves.

»Ich weiß nicht, ob du bemerkt hast, dass während deiner Unterhaltung mit Steve, meine Augen, die ganze Zeit, nur auf dich gerichtet waren. AnnMay, ich verstehe sehr wenig von Jus und du wahrscheinlich nicht sehr viel von der Architektur. Aber ich nehme an, wir beide haben eine Vorliebe für Kultur, daher möchte ich dich fragen, ob du eine Einladung zu einem Theater oder Opernvorstellung akzeptieren würdest. In L.A. ich bin alleine und ich habe das Gefühl, ich verpasse einiges von der Kultur dieser Stadt.«

» Das kommt sehr gut an, es war immer ein Wunsch von mir Theatervorstellungen zu besuchen. «

»Ich freue mich sehr, ich werde dich anrufen. Möchte aber jetzt diese Party verlassen, willst du noch bleiben? «

»Ja, ich werde noch bleiben, weil ich an Anne und Rose gebunden bin, wir sind gemeinsam gekommen. «

»Schade, ich hätte dich mit meinem Auto nach Hause gefahren und so hätte ich noch eine halbe Stunde mit dir verbringen können«, sagte Andrée voller *Courtoisie.*

Merkwürdig, nach dem Weggang von Andrée, die Party schien mir nicht mehr so attraktiv zu sein.

Ich fand einen ruhigen Platz und blickte rundherum um Jemanden interessanten anzusprechen.

Als ich niemanden gefunden hatte und auch niemand beabsichtigte mit mir ins Gespräch zu kommen, setzte ich mich auf einem Coach und blätterte durch ein Fotoalbum mit Aufnahmen von einigen archäologischen Ausgrabungen.

Irgendwann Anne und Rose gaben den Startschuss und ohne andere Zwischenfälle erreichte ich mein *Home, Sweet Home.*

Andrée

Ungefähr einer Woche nach dem Treffen im Haus von Steve bekam ich ein Anruf von Andrée.

»Liebe AnnMay, ich möchte Dich zu einem Abendessen in Santa Monica einladen. «

Der Anruf kam nicht überraschend und ehrlich gesagt, ich freute mich. »Ich werde dich so um fünf Uhr abholen, hoffe, dass es dir passt. «

Nächsten Tag verließ ich das Institut etwas früher. Steve merkte meine Eile und, neugierig wie immer, stellte er mir so eine Nebenfrage.

»In diesen Tagen hast zu viel gearbeitet, fühlst du dich nicht wohl? «

Ich hatte keine Gründe etwas zu verbergen, also antwortete klar und deutlich.

»Oh, ich fühle mich grandios, ich werde mich mit Andrée treffen. «

Keine Reaktion! Drehte sich um und wünschte mir »Viel Vergnügen. «

Ich genoss das Wiedertreffen mit Andrée. Ich fühlte eine gewisse Anziehung, ich mochte sehr sein Glamour, seine Eleganz, seine leichte Ironie, seine Hände mit langen feinen Fingern.

An dem Abend erfuhr ich, dass Andrée in Paris geboren wurde, dass die Eltern später nach USA emigrierten und in New York ansässig wurden.

Dort studierte er Architektur, dort wohnt er und nach L.A. ist er ausschließlich für die Abwicklung eines Projektes gekommen. Verheiratet war er nicht und auch eine längere stabile Beziehung hatte sich nicht gegeben.

»Ich wohne alleine in New York doch könnte man nicht sagen, dass es mir mindestens jetzt, schlecht geht. Ich genieße mein Leben so, wie es ist. Jede Stadt hat seine Krankheiten und erzeugt eine Art von Träumen, jede Stadt hat seine Verlockungen und eigene Dosis von Pracht, es liegt nur an dir die Stadt zu finden, die im Nachklang deiner Hochgefühle, Dämonen und Traurigkeit ist. Bin sehr oft und für längere Zeit auf Reisen, bedingt durch viele Projekte, überall auf der Welt, treffe viele und interessante Leute, sammelte bereits viel Erfahrung. Ehrlich gesagt, könnte mich nicht an eine Familie binden, für so etwas bin ich nicht bereit. «

»Wenn du mal zu Hause bist, bedrückt dich die Einsamkeit nicht? « versuchte ich ihn zu provozieren.

»Nein, wenn ich in New York bin und Sehnsucht nach sozialen Leben habe, dann reicht es wenn ich das Haus meiner Eltern besuche, dort treffe ich immer Leute aus dem großen Freundeskreis meiner Familie, es ist so zu sagen ein Haus offener Türen. In eine fremde Stadt oder im Ausland ist es schwieriger, vor allem wenn ich dort eine längere Zeit verbringen muss. So ein sozialer Mensch bin ich doch nicht, ich verbringe sehr viel Zeit alleine. Was ist aber mit dir, wie geht es dir in L.A.? «

»Was meine Dissertation betrifft, alles läuft sehr gut, sodass ich in der Lage sein werde mein L.A. Aufenthalt zu verkürzen. Falls du aber mein soziales Leben meinst, es ist fast nicht existent, ich habe kaum Zeit mich mit Leuten zu treffen. Bald kommen die Ostern Feiertage und ich dachte eine Reise nach Hawaii würde mir guttun. Meine Kollegen am Institut haben mir geraten lieber nach México zu fliegen, wo man mehr Sehenswürdigkeiten genießen könnte und ich glaube, dass ich mich für diese Variante entscheiden werde. «

»Fantastisch AnnMay, würdest Du mich mitnehmen? Ich könnte gerne die Rolle eines Reiseleiters übernehmen«, rief der schlaue Andrée voller Begeisterung.

»Ich könnte mir keinen reizenderen Fremdenführer als dich vorstellen« und lachend klatschte er die Hände voll Freude.

Die Aussicht diese Reise nicht alleine machen zu müssen und sogar zusammen mit dem feschen Andrée, war alles was mir am besten passieren könnte.

»Bis dahin ist noch etwas Zeit. Ich hatte dir versprochen eine Theater- oder Opernvorstellung zu besuchen, ich stehe zu meinem Wort. Was würdest du sagen von nächsten Samstag? Eigentlich möchte ich dass wir den ganzen Tag zusammen verbringen, ich könnte so um 10 a. m. dich abholen und wir entscheiden dann, wohin wir fahren. «

Für mich war es ungewöhnlich. Er hatte den Vorschlag gemacht, ohne mich zu fragen, eine Entscheidung getroffen, sogar Zeit des Treffens, selbst bestimmt.

Ich staunte nur, dass er den Dresscode nicht mit empfohlen hat, doch paar Sekunden später ergänzte er das Programm.

»Essen sollst du nicht, Mengen von Restaurants in Santa Monica. «

Noch ungewöhnlicher für mich war, dass ich alles widerstandslos und kurzerhand akzeptiert hatte, sogar mit Begeisterung.

Ich weiß es nicht, innerlich war ich so Happy, dass ich meine Gefühle nicht unterdrücken konnte, frage mich auch heute was es war? In dem Augenblick sicher, in Andrée war ich nicht verliebt. Es war angenehm mit ihm zu plaudern, ich fühlte mich gut in seiner Nähe, doch Liebe war es nicht.

Ich glaube eher, dass diese Einladung wie eine Flucht aus meiner innerlichen Einsamkeit wirkte, in der ich alles alleine bewältigen musste. Plötzlich, stand mir jemand neben, der für mir Pläne machte und ich freute mich, dass es zu so etwas gekommen war.

Am Samstag, ich wachte sehr früh auf und so um neun war ich schon bereit. Um 10 Uhr stand Andrée vor der Tür.

Er war gut gelaunt, nahm mich in seine Arme und küsste mich, als würden wir seit einer Ewigkeit Freunde. Schaute mich kurz an.

»AnnMay es ist als hättest du meine Gedanken gelesen, bist sportlich angezogen, perfekt. Zuerst machen wir eine Reise durch L.A. und werden viele Meilen durchlaufen. Für den Abend brauchen wir dann etwas Eleganteres. «

»Wohin gehen wir heute Abend? «

»Ich dachte, dass ich dir eine große Freude bereiten werde wenn wir heute Abend Donizettis *L'Elisir d'amore* in Music Center Dorothy Chendler Pavillion in L.A. sehen werden. Die Besetzung kenne ich nicht, hier in L.A. kann man Überraschungen erleben. Es ist so eine Mode, dass man junge talentierte Sänger einstellt, manche könnten später glänzende Karriere machen, wie zum Beispiel Hauptrollen an der Metropolitan Opera in New York.

Wir werden uns eine Idee machen und nachher unsere Meinungen austauschen.

Für das Umziehen werden wir kurz meine Wohnung besuchen, wo ich Dir eine Überraschung vorbereitet habe, ein Abendkleid nach meinen Geschmack, der Geschmack eines Architekten. «

»Es tut mir leid Andrée, aber ich kann Geschenke dieser Art nicht annehmen, es hat keinen Zweck. Schau, das ist mein einziges Kleid, das ich für festliche Events habe, es ist bescheiden, aber ich fühle mich sehr gut. «

Ein Tag durch L.A., es war wie eine Reise aus einem Märchenbuch: *Down Town Los Angeles, El Pueblo de Nuestra Señora la Reina de los Ángeles* mit der berühmten *Olvera Street, San Fernando Valley, Pacific Palisades, Sunset, Wilshire* bis *Santa Monica*.

Andrée als Reiseführer zu haben war ein Privileg. Er sprach ruhig, benutzte manchmal technische Begriffe, war vertraut mit der Geschichte einigen Gebäuden, Plätzen, Boulevards und ging mit Leichtigkeit auf Einzelheiten ein. Vielerorts sind wir stehen geblieben, die Umgebungen bewundernd, manchmal saßen wir auf einer Bank, um die Diskussion weiter zu führen. Zwischen uns hatte sich eine Atmosphäre des Vertrauens und Intimität entwickelt, es gab keine Dissonanz, wir fühlten uns sehr gut miteinander.

In Santa Monica, wir besuchten die Wohnung von Andrée. Es war keine Luxuswohnung, doch etwa größer und besser ausgestattet als meine. Andrée sollte Ende des Sommers nach New York zurückkehren. Ich bekam schön langsam das Gefühl, dass er ein sehr gut verdienender Mensch ist, führt aber ein ziemlich bescheidenes Leben.

»AnnMay, hier ist das Kleid, das ich für Dich gekauft hatte. Es entspricht meinem und nur meinem Geschmack und ich bin neugierig wie es dir stehen würde und ob es auch Deinem Geschmack entspricht. Ich würde mich sehr freuen, wenn Du es heute abends trägst. «

Es war so viel von höflicher Bitte in seinen Worten, dass ich nicht es anders machen konnte, als das Kleid anzuziehen.

Andrée verschwand für einige Minuten in seinem Zimmer.

Zurück kehrte ein ausgesprochen gut aussehender Gentleman in Smoking. Schaute sich in Spiegel an, dann mich und rief mit einem schelmischen Lächeln.

»Wir sind ein sehr hübsches Paar, findest du nicht? In der Oper werden wir für Aufsehen sorgen! Wir sollen uns eilen, es wird spät. «

Andrée umarmte und küsste mich freundschaftlich, führte mich zum Auto und nach einer halben Stunde Fahrt erreichten wir die Oper.

Den *Liebestrank* hatte ich immer leidenschaftlich gehört. Diese Musik verzaubert mich, die berühmte Romanze von Nemorino, *Una furtive lagrima*, ist einfach himmlisch.

Andrée ergänzte mit einigen Informationen.

»Tatsächlich, es ist so wie ich vermutet hatte, die Besetzung besteht aus sehr jungen und begabten Künstlern, sogar der Dirigent und die Inszenierung sind jungen Künstlern zu verdanken. Ich bin fasziniert was diese junge Generation erreicht hat.

Du hast sicher bemerkt das Engagement und die Freude, die sie beim Singen hatten auch wenn es gewisse technische Beschränkungen gegeben hat. «

»Ich teile deine Meinung vollkommen. Wenn du denkst, dass die Premiere dieser Oper vor mehr als hundert Jahren in *Teatro della Canobbiana* aus Milano stattgefunden hat «, erwiderte ich sehr angetan von der ganzen Vorstellung.

Es war ein gelungener Abend, so entspannt habe ich mich seit langer Zeit nicht gefühlt.

Auf dem Weg nach Hause hielten wir an einer Bar an, für einen Drink und tauschten noch belanglose Ideen.

Ungefähr eine Woche später trafen wir uns erneut und wenn ich mich gut erinnere, wir sind Down Town gefahren um das berühmte Versdrama Edmond Rostand, Cyrano de Bergerac mit Richard Chamberlain in der Titelrolle zu sehen.

Ein hervorragender Künstler und eine wunderbare Inszenierung.

Eine Szene hat mich lange Zeit verfolgt: Cyrano liegt in einem Fauteuil, schaut nach ein Eichblatt in freiem Fall und philosophiert nachdenklich über den kurzen Weg bis zum Boden, bis zu seinem Tod.

Bevor wir uns verabschiedeten, Andrée teilte mir mit, dass er mich nach México nicht begleiten kann, seine Eltern kommen aus New York, auf Besuch. Er könnte eventuell am Ostermontag wegfahren, sodass wir uns in Ciudad de México treffen könnten.

Er wird mich zum Flughafen fahren und wir werden dann festlegen, wo und wann wir uns, in México, treffen.

Inzwischen hatte ich am Institut und im Bekanntenkreis bekannt gegeben, dass ich die Absicht habe nach México zu fliegen. Steve fragte mich, ob ich alleine diese Reise unternehme. Habe zu gesagt mit einer Spur Ironie:

»Ja, ich fliege alleine nach México, doch man kann nie wissen, wen werde ich dort treffen und mit wem werde ich

zurückfliegen? «

Kurioserweise hatte er sich nicht gemeldet, um mich zum Flughafen zu fahren, obwohl er sehr gut wusste, dass ich kein Auto besitze und dass ein Taxi bis zum Flughafen sehr kostspielig war.

Nett und hilfsbereit, so wie immer, Anne fragte mich, ob ich Bekannte in Mexico habe. Ich hatte keine. Am nächsten Tag rief sie mich an.

»Liebe AnnMay, in Ciudad de México wohnt ein sehr lieber Bekannter von mir, Juan Figueroa. Ich habe ihn angerufen, es antwortete die Mutter und ich habe gebeten, dass Juan oder irgendjemand soll sich um dich kümmern. Ich habe erklärt, wer du bist und dass du keine Bekanntschaften in México hast. Die Mutter hat sich sehr angetan gezeigt, versprach dass sie mit ihrem Sohn reden werde und hat mir die Telefonnummer Juans gegeben. Ich kann sie dir jetzt sagen, bitte schreibe sie auf. «

»Liebe Anne, du bist ein Schatz, aber wie könnte ich von einem fremden Mann solche Unterstützung verlangen? «

»Mach dir keine Sorgen, die sind sehr feine Leute, du wirst es sehen, Juan hat seine Probleme, wir alle wissen es, aber wir akzeptieren ihn so wie er ist. Schau da ist die Telefonnummer, du sollst ihn unbedingt anrufen. «

Bewaffnet mit dieser Telefonnummer und mit dem Versprechen das Andrée nach México kommen wird, fühlte ich mich sicherer.

Eine einzige Reisetasche mit den notwendigsten, alles andere, wie Geld, Flugticket, Pass und Reservierung Papiere fürs Hotel lagen gestapelt in meine Handtasche und die große Aventüre stand vor mir.

So wie bereits versprochen, Andrée fuhr mich zum Flughafen. Ich erzählte ihm von meinen voraussichtlichen Treffen mit Juan, übergab ihm die Anschrift meines Hotels in Ciudad de México, mit der Bemerkung, dass ich nicht sicher war wie lange ich dort bleiben werde. Man könnte dort anrufen.

Andrée schien deprimiert und abwesend zu sein, blickte mich an, dann seine Schuhe, bewegte sich wie ein Roboter, höflich aber ohne Seele.

Ich hatte den klaren Eindruck, dass ihm etwas Besonderes bedrückt, das er etwas auf dem Herzen hat. Ich stellte keine Fragen, wir verabschiedeten uns freundlich, er umarmte und küsste mich, wünschte mir angenehme Reise und ich sollte nach meiner Ankunft in Hotel unbedingt anrufen. Fügte noch dazu, dass er alles Mögliche tun wird, um nach México zu kommen.

Diese »alles Mögliche« hat mich verwirrt, stellte für mich einige Fragezeichen in Raum, doch in dem Augenblick konnte ich nichts tun, konnte nichts beeinflussen, also ich drehte mich um und verschwand Richtung *Terminal* Nummer acht.

Juan

Im Flugzeug waren genug freie Plätze, ich wählte mir einen Fensterplatz rechts damit ich die *Baja California* bewundern konnte.

Ich bestellte mir ein Glas Piper Heidsieck, dann einen Kaffee, dann wieder ein Piper Heidsieck, sagte zu mir, dass ich alles vergessen sollte und mich nur auf meine Reise konzentrieren, ich fühlte mich bald in einer guten Stimmung die aber nur während des Flugs hielt.

Bei der Landung schockierten mich die zerfallenen Häuser rund um den Flughafen und von der sichtlichen Armut.

Ich kam aus einer Perle menschlicher Zivilisation und landete in einer Atmosphäre des Elends und Schmutz.

Man kennt die Geschichte, man hat viel darüber gelesen, man hörte Berichte, sieht TV- Sendungen, und trotzdem wenn man mit der Realität konfrontiert wird fragt man sich, WIESO?

Ein Taxi fuhr mich zu diesem alten zentral gelegenen Hotel, wo ich ein sauberes, großes Zimmer betrat, mit alten spanischen Möbeln, ein überdimensionales Bett, hohen Kleiderschrank, riesige Polster, weiche mexikanische Teppiche, Blumen in Töpfen und ein enormer hängender Ventilator in der Mitte.

Das erste was ich tat, war Andrée anrufen, doch er hat nicht geantwortet, habe also eine Message hinterlassen.

Der zweite Anruf war an Juan. Unglaublich, diesen habe ich sofort erreicht. Er hat sich gefreut als mich gehört hat, wurde von seiner Mutter von meinem Eintreffen gewarnt, sprach tadellos englisch, ich gab ihm den Namen meines Hotels und wir verabredeten uns für den nächsten Nachmittag. Er sagte, er wird mich mit seinem Auto vom Hotel abholen.

Ausgezeichnet, ich hatte also einen ganzen Tag Ciudad de México zu erkunden.

Über dass, was ich besichtigt hatte es wäre viel zu erzählen, diese ganze Reise bedarf eine besondere Erzählung und ich glaube, dass ich einmal über alle meine Eindrücke schreiben werde.

Es war Ostern und ich unternahm einen Spaziergang Richtung *Zocalo, Palacio Nacional,* übrigens ein architektonisches Juwel, dann weiter *Catedral Metropolitana* um für meine Familie eine Kerze anzuzünden.

Schockiert blickte ich zu den Scharen von Frauen und Männern die Knien kriechend und Zähneknirschen begehen die Entfernung von hundert Metern zwischen Platz und Eingang zur Kathedrale.

So wie viele katholische Kirchen die in México auf einem nicht festen Boden gebaut wurden, ja, auch die Kathedrale stand schräg. Ich hatte damals alles fotografiert, es sind meine Dokumente. Allerdings, ich rede über vor vierzig Jahren existierenden Zuständen, es könnte sein, dass die Architekten und Baumeister der Ciudad de México Restaurierungsarbeiten unternommen hatten.

Doch das Thema meiner Erzählung hier ist anders und meine Intention in diesem Text zielt etwas anderes ab.

Am nächsten Tag hatte ich sehnsüchtig auf das Treffen mit Juan gewartet, hoffend dass diesmal, aus autorisierenden Mund, mehr über México zu erfahren.

Zum vereinbarten Zeitpunkt stieg ich zur Rezeption ab. Ich musste nicht lange Zeit warten und ein Mann, von undefiniertem Alter, kleinwüchsig, schlank, brünett, mit Brille, in einem Bluejeans Anzug, betrat die Lobby des Hotels. Er schnitt geradeaus zur Rezeption und sprach meinen Namen aus. Ich näherte mich langsam, stellte mich vor.

»*Welcome to México*« waren die ersten Worte Juans und ein bezauberndes Lächeln strahlte aus seinem Gesicht.

Gleich danach erschien ein junger Mann, dunkelblonde Haare, ziemlich hoch und schlank.

»Ich stelle dir Heinrich vor, er ist ein deutscher, spricht ein gebrochener englisch, ich hoffe ihr werdet euch verstehen. Er musste unser Auto parken, hoffe er hat es geschafft. AnnMay, bist du bereit mit uns zu kommen? «

»Schau was schlage ich vor. Wir fahren mal mit dem Auto durch die Stadt, um für dich eine Art Sightseeing zu organisieren und dann fahren wir zu meiner Wohnung wo du ein traditionelles mexikanisches Dinner genießen kannst. Meine Mutter wünschte dabei gewesen zu sein um dich kennenzulernen, aber Sie bekam plötzlichen Besuch von Verwandten und befindet sich zurzeit außerhalb der Stadt. Sie wünscht dir angenehmen Aufenthalt in Ciudad de México. «

Gesagt, getan.

Ich nahm die Jacke vom Stuhl und ging zum Ausgang.

Vor dem Hotel, Überraschung!

Heinrich parkte unsachgemäß das Auto, direkt vor dem Hotel und dieses liegt auf einer schmalen Straße der inneren Stadt. In der kurzen Zeit, die wir gemeinsam in der Lobby verbracht hatten, erschienen die Leute vom Verkehrsdienst und das Auto war bereits angehängt an den Transporter.

Juan sperrte sofort das Auto auf, setzte Heinrich am Steuer und begann mit den Angestellten zu verhandeln. Ich bemerkte den Augenblick als Juan ein Kuvert übergab an einen der drei Männer. Das Auto wurde sofort freigegeben und die Männer verschwanden so schnell wie sie gekommen waren.

»Siehst du AnnMay, das ist ein Teil México. Beruhigend für mich ist, dass es ähnliche Fälle auch in anderen Ländern gibt«, sagte Juan nachdenklich.

Gleich danach fuhr er Heinrich an, katalogisierte ihn als bekloppt und unfähig ein Auto zu parken.

Nachdem er genug erniedrigte und schimpfte mit Heinrich, beruhigte er sich und versuchte mir ein anderes Gesicht zu zeigen.

Während der Fahrt durch die Stadt erwies sich Juan als tollsten Führer. Er bewies eine fantastische Kultur, zahlreiche Einzelheiten schmückten seine Erzählungen, seine Präsentationen waren imprägniert von Liebe, Leidenschaft und Achtung für die Geschichte seines Landes, für die Orte, die wir gesehen hatten.

Er verlegte vor, Passagen der Geschichte wie zum Beispiel das *Chapultepec* wo wir pausierten.

»Wichtige Seiten der Geschichte sind mit diesem Schloss verbunden. Heute ist es ein Museum. Da vorne kannst Du *Paseo de la Reforma* sehen. Es ist ein Boulevard, dass für Charlotte, die Frau Kaiser Maximilians gebaut wurde. Was für ein schreckliches Schicksal hatten die beiden. Eigentlich das Schicksal dass sie verdient hatten. Was suchte Maximilian in México? Warum hat er sich nicht über die wirkliche Lage in diesem Land informieren lassen? Die Armut des Volkes war tief und die Sehnsucht nach Unabhängigkeit hoch. «

»Du hast recht. Dieser Habsburg, vor allem seine ehrgeizige Frau, hat geglaubt sie können im kaiserlichen Glanz wie in Wien leben. Die Realität hatte er nicht verstanden, hat eine falsche Politik geführt. Die allgemeine Meinung ist, dass weder Napoleon III, noch Kaiser Franz Josef ihn unterstützen wollten. «

»Warum? «, fragte Juan neugierig.

»Es gibt viele politische und ökonomische Gründe, aber es gibt noch etwas«, erwiderte ich lachend.

»Was, was?«

»Es scheint ein offenes Geheimnis zu sein dass Kaiser Maximilian der Sohn von Napoleon Franz, bekannt als Roi de Rome, Napoleon II oder Herzog von Reichstag, Einzelkind Napoleon I Bonaparte war.

Die Herzogin Sophie, eine Liebhaberin französischer Kultur, Anhängerin des Bonapartismus, sollte die große Liebe Napoleon Franz gewesen sein und sie hat ihn in seinen letzten Tagen und Stunden vor dem Tod begleitet. Maximilian wurde nur einige Tage vor dem Tod Napoleon Franz geboren und Sophie hatte ihm das Kind gezeigt. Diese ganze Geschichte rund um Napoleon Franz und Sophie war der Albtraum von Metternich. Später hat man bemerkt dass Maximilian sehr unterschiedlich zum Kaiser Franz Joseph war, gemocht hatten sie sich nicht. Bevor sich Maximilian für México einschiffte, verlangte Franz Joseph von ihm eine Verzichterklärung auf die Erbschaft österreichischer Kaiserkrone, was un-üblich war. «

»Aha, ich verstehe, beide, Kaiser Franz Joseph und Napoleon III hatten dieses Geheimnis gekonnt und bevorzugten Maximilian von Frankreich und Österreich zu entfernen. Da versteckt sich ein Teil der Wahrheit über die abenteuerliche Reise Maximilians nach México. Maximilian hatte ein tragisches Ende, in Querétaro wurde zum Tode verurteilt und hingerichtet. Erstaunlich, bevor er hinge-richtet wurde, es wurde ihm angeboten das Land zu verlassen, er aber hatte nicht zugestimmt, war es Stolz? Eine tragische Gestalt. México benötigte einen Mann wie Juarez und nicht ein Kaiser aus dem entfernten Österreich. «

Nach einem letzten Blick auf den *Paseo de la Reforma*, stiegen wir ins Auto und fuhren zu der Wohnung Juans. Auf dem Weg dort-hin, zeigte er mir, in einem Wohngebiet voller Blumen, die Villa wo seine Eltern wohnten.

Juan wohnte in einer drei Zimmer Wohnung mit Dependancen, ziemlich zentral.

Als erste, lud er mich zu einer Besichtigung des Appartements und da bekam ich einen Schock.

Im Schlafzimmer waren zwei Betten nebeneinander, darüber zwei Ikonen, ein Kruzifix, über eines der Betten mehrere rosa Schleifen.

»Es ist unser Schlafzimmer, Heinrichs und meins«, sagte Juan und gleich danach schimpfte mit Heinrich:

» du hättest deine Hosen in dem Kleiderschrank legen können, wissend, dass wir Besuch bekommen. «

Erst in diesem Augenblick wurde mir klar, dass ich Gast eines Homosexuellen Paares war.

Also, fremdes Land, fremde Leute und für mich ungewöhnliche Beziehungen zwischen Menschen.

In der Küche herrschte ein anderer Mann, der Koch, der auf den Namen von Marius antwortete und ich verstand er stammte aus Frankreich. Dunkle Augen, schwarze lockiges Haar, weiße Haut, Traumkörper, der Mann in dem man sich sofort verliebt. Er wohnte in der gleichen Wohnung, in einem Nebenzimmer.

Während unser Unterhaltung in *Chapultepek*, es hat sich eine gewisse Freundschaft zwischen Juan und mir entwickelt, eine gewisse Leichtigkeit in der Diskussion, eine entspannte Atmosphäre.

In der Wohnung aber, die Anwesenheit dieser drei Männer, hatte meine Selbstbeherrschung auf die Probe gestellt. Beruhigend war nur der Gedanke dass, die drei eigentlich eine Familie bildeten und dass Juan ein Gentleman war und verfügte über einen besonderen moralischen Background.

Als ich den jungen Heinrich näher betrachtete, merkte ich die dunklen Ringe unter seinen Augen und dass er sehr gestresst wirkte. Juan kommandierte ihn die ganze Zeit, so wie einem Sklaven.

Obwohl klein und dünn, Juan war sehr dominant, ertrug keinen Widerspruch, sodass der arme Heinrich fast kein Wort ausgesprochen hatte.

Als Marius uns den Wein einschenkte, Juan zeigte sich nicht nur freundlich ihm gegenüber, er streichelte seine Arme und fasste seine Taille. Ich begriff die Nuance, Heinrich war die Frau und Marius war der Geliebte. So wie bei den Heterosexuellen es geschah auch hier, der Mann war liebevoll gegenüber der Geliebten und rau gegenüber der Frau und alle drei lebten unter ein und demselben Dach.

Zweifelsohne, der kleine dünne Juan war ein hochintelligenter Mensch, doch solche sexuelle Neigungen hätte ich ihm nicht zugetraut. Und wieso ist er nicht mit einer Frau liiert? Als ich diese Männer erblickte, fragte ich mich wie können sie sich lieben?

Zwischen ihnen kann es keine Zärtlichkeit geben, so wie zwischen Mann und Frau. Es ist das ständige Rennen nach einem starken, rapiden Orgasmus. Ja, ja, dieser Orgasmus, man tut alles, wirklich alles, um ihn zu erleben und es ist nicht von langer Dauer und der Schauder bringt dich zum Zittern, es blendet dich und es ist schwer aufzuhören. Man sucht immer mehr Möglichkeiten es zu provozieren und weil es auf die Reibung, ein Grundsatz der Physik, beruht, man foltert alle möglichen Löcher menschlicher Körper, wirklich alle und mit allen Mitteln und ohne Hemmungen.

Es ist der Augenblick wo ich sehr ernst Frage: kann man diese Neigungen nicht steuern? Wahrscheinlich nicht.

Primär sind die Instinkte, da sind wirklich alle Menschen gleich, ob reich oder arm, gebildet oder nicht, gescheit oder dumm, alt oder jung, schön oder nicht und allen Hautfarben und Konfessionen. Wirklich, keine Ausnahme.

Kehren wir zurück zu unseren Gastgebern.

Am Tisch, Juan begann einige interessante Sachen über sich und seine Familie zu erzählen.

»Liebe AnnMay, der Name Figueroa hat eine historische Bedeutung in México. Meine Familie ist hebräischer Abstammung, befindet sich hier seit mehreren Generationen, wir waren und sind noch Teil der sogenannten High Society, einige von uns hatten sich zum katholischen Glauben konvertieren lassen. Ich lege nicht sehr viel Wert auf Religionssachen, die Ikonen, die du in Schlafzimmer gesehen hast habe ich vor allem für Heinrich und Marius aufgehängt. Mitglieder meiner Familie wurden und sind noch immer in der Politik, Kunst, Kultur, Diplomatie und Wissenschaft involviert, einige hatten sich in der USA ansässig gemacht, andere sind nach Europa ausgewandert. Soll ich dir eine Kuriosität erzählen.

Der ehemalige König Rumäniens Karl II war ein Freund meiner Familie, während seines Aufenthaltes in Ciudad de México wurde er öfters Gast im Haus meiner Eltern und spielte mit mir und hob mich auf seinen Schoss.

Meine engen Verwandten wohnen in Paris und ich bin ziemlich oft dort eingeladen.

Sie wohnen in einem vornehmen Viertel der Stadt, und zwar in *Île de la Cité* und das Haus ist voll von Antiquitäten und Bildern berühmter Künstler.

Für mich wäre es ein Albtraum dort zu wohnen, weil sämtliche Einrichtungen wie Bad, WC, Waschbecken Mangelware sind.

Ja, bitte nicht lachen, es gibt ein plumps-WC im Hof, neben einer Statue von Venus und ein einziges Badezimmer mit Wanne, Dusche und WC. Du kannst dir vorstellen, dass ich unter diesen Umständen vorzog immer im Hotel zu wohnen. «

Juan verlor sich dann in Beschreibungen seiner Bekannten, unter anderen Picasso, redete über moderne Literatur, über seine Vorlieben und zeigte sich sehr zufrieden mit seinen Leben in México.

Er sagte mir nichts und auch aus Höflichkeitsgründen, fragte ich auch nicht nach seinem Hauptberuf oder seiner Qualifikation, ob er überhaupt eine hatte.

Es herrschte eine sehr angenehme Atmosphäre, es wurden auch Witze erzählt, ich musste mehr über meine Arbeit reden, Juan hatte sich sehr interessiert gezeigt und stellte ständig Fragen. Meine Lebensphilosophie als Frau hat ihn beeindruckt.

Jetzt, nach so vielen Jahren, die Erinnerung an dieses Treffen macht mir viel Freude.

Es kam dann ein Augenblick, wo sich jeder von uns im eigenen Käfig zurückgezogen hatte, wo für den anderen kein Platz mehr war und wo wir verstanden hatten, dass persönliche Sachen nicht zur Sprache kommen sollten.

Hatten wir Angst von Enthüllungen? Einige Male haben wir uns gegenseitig beschnuppern, doch jeder konnte abprallen. Zum Ende waren wir müde, gewissermaßen die Unterhaltung war anstrengend.

Schließlich Juan und Heinrich führten mich zurück zum Hotel. Juan hat mir seine und seiner Mutter Telefonnummer und Anschrift gegeben und sagte mir, dass solange ich mich auf Méxicos Boden bewege sollte ich keine Angst haben, ich genieße seinen Schutz. Bei Bedarf, ich soll ihm unbedingt anrufen.

Große Worte, ich nahm zur Kenntnis, dass mein Beschützer kein gewöhnlicher Sterblicher in Mexico war.

»You should enjoy Mexico.«

Vor dem Hotel, warmer Abschied, nett dass auch Heinrich mir die Hand reichte.

Unter uns, ich hätte den Kerl gleich nach Deutschland geflogen.

Ich hatte gehofft, dieser Tag wird sehr angenehm enden, und zwar mit ein Message von Andrée. Enttäuschung, an der Rezeption war keine Nachricht für mich.

Enträtseln

Am nächsten Tag beabsichtigte ich weiter mein Programm zu folgen und rief ein Taxi an um nach *Teotihuacan* zu fahren.

Bei der Rückkehr wartete diesmal auf mich tatsächlich eine Nachricht von Andrée, er sollte abends oder am nächsten Tag ankommen und ich sollte auf ihn warten.

Zu viel Unsicherheit, zu viel Ungewissheit und ein herrischer Ton, dass alles hat bei mir einen bitteren Geschmack hinterlassen.

Ich nahm mir den México Reiseführer zur Hand, legte mich aufs Bett und begann zu blättern.

Die Nachttischlampe an meinem Bett leuchtete, doch ich schlief ein den Reiseführer auf meiner Nase.

Irgendwann wachte ich auf und spürte neben mir im Bett einen warmen nackten männlichen Körper, eine Hand streichelte meinen Schenkel unter dem Nachthemd, das andere Arm schob sich unter meinem Kopf und heiße Küsse strömten auf mein Gesicht. Was für ein erhabenes Gefühl.

Es war Andrée.

Für einen Augenblick hatte ich Angst, dann überließ ich mich seinem Willen und fühlte mich unbeschreiblich glücklich, dass ich in seinen Armen lag, und dass sich unsere Körper berührten.

Es wurde kein Wort gesprochen, es wurden keine Fragen gestellt, es wurden keine Erklärungen gegeben, es war keine Zurückhaltung, wir erreichten beide den Paroxysmus, leidenschaftlich angekettet und wachten erst am nächsten Morgen auf.

Als ich meine Augen öffnete, Andrée starrte mich an und ein flüchtiger Kuss berührte meine Lippen.

»Gestern abends die Tür war entriegelt, du warst bereits eingeschlafen bei brennendem Licht, und ich konnte den Wunsch neben dir zu schlafen nicht Wiederstehen. Ehrlich gesagt von dieser Nacht hatte ich seit längerer Zeit geträumt. So wie du jetzt in meinen Armen liegst, ohne Möglichkeit zu entkommen, so möchte ich dich immer haben, du sollst bei mir für immer bleiben. Siehst du, ich frage dich nicht mal ob du willst, weil ich weiß, ich spüre es, du willst es auch. Jetzt stehen wir auf und gehen wir frühstücken ich habe einen Bärenhunger. «

Zum Glück das Hotel verfügte über ein Frühstücksbuffet mit internationalen Gerichten, ich versuchte die so gewürzten mexikanischen Speisen zu meiden. Wichtig für mich war die Tasse Kaffee.

Ohne dass er mich fragte, erzählte Andrée über den Nachmittag die ich mit Juan, Heinrich und Marius verbracht hatte.

» Wenn ich denke dass ich in L.A. auf dem Punkt Opfer eines Eifersuchtsanfalls war als du mir über Juan erzählt hast «, erwiderte er amüsiert.

» Ich möchte dir etwas sagen und ich möchte dir erklären, warum ich mit dir nach México nicht kommen konnte. Ich glaube, du hast bemerkt, dass mich in den letzten Tagen etwas bedrückte und ich fand meine Ruhe nicht. «

Ich habe ihm gleich gesagt, dass es eigentlich keine Notwendigkeit gibt, mir davon zu erzählen, ich vertraue ihm.

»Ich möchte es tun weil zwischen uns kein dunkler Fleck existieren darf. Weißt du, ich stamme aus einer Familie orthodoxer

141

Juden, streng gläubig. Ich genoss eine besondere religiöse Erziehung in Richtung Judaismus. Als Erwachsener hatte ich mich von den Judaismus distanziert, ich verzichtete formal auf diese Religion, im Grunde ich bin ein Atheist, im Sinn dass ich mir keine Fragen über Heiligkeit stelle, sondern ich glaube an mich und an mein Entscheidungsvermögen. Meine Eltern haben Ihr Leben, ich lebe in meinem eigenen Universum. Trotzdem gewisse Entscheidungen, die sie treffen, kann ich nicht immer ignorieren.

Vor vielen Jahren, meine Eltern hatten eine Vereinbarung getroffen, eigentlich ein Versprechen gegeben, wie du es heißen möchtest, gegenüber sehr guten Freunde, dass ich die Tochter der Familie heiraten werde, um die Freundschaft zwischen diesen Familien mit einer Allianz zu festigen. Ich wurde darüber in Kenntnis gebracht, ich war sehr jung, ohne bewusst von den Konsequenzen zu sein, so ich stimmte zu.

Die Tochter, damals minderjährig, jetzt ist sie 19 geworden und es stellte sich die Frage, ob ich mein Wort halte. Eigentlich das war der Grund warum ich in all diesen Jahren nicht geheiratet hatte und auch an keine feste Beziehung gebunden wurde. Übrigens ich war sehr mit mir selbst beschäftigt, hatte viel zu tun und an eine Familie wollte nicht denken. «

Plötzlich Andrée Stimme ist tiefer geworden.

»Mittlerweile habe ich dich getroffen und der Gedanke, dass zwischen uns dieser Stolperstein liegt und dass ich dich deswegen für immer verlieren könnte brachte mich um den Verstand. Zwei Tage vor deiner Abreise nach México, meine Eltern sind nach L.A. gekommen, wie du bereits weißt und stellten mich unter Druck. Egal was für eine Entscheidung ich treffen werde, ich sollte Margot, so heißt das Mädchen, unbedingt treffen und mit ihr reden. Anschließend soll ein Treffen beider Familien arrangiert werden. Ich hatte keine andere Wahl, ich kündigte meinen Besuch an, habe mich feierlich angezogen, einen Blumenstrauß in die Hand und ging um meine angeblich zukünftige Frau zu treffen. «

»Lieber Andrée, vor allem ich blicke die Skurrilität der ganzen Angelegenheit. Wie konntest du dich überzeugen lassen diesen Besuch zu machen, wie man sagt, auf Brautschau? Es ist so anachronistisch wenn nicht lächerlich, um nicht mehr zu sagen. «

»Ja, AnnMay, du hast recht, ich hatte mich unwohl gefühlt und es könnte heißen ich verliere dich. Du musst verstehen, dass es heutzutage noch immer Familien gibt die, was Heirat betrifft, einen großen Druck auf die Kinder üben. «

»Und wie ging es weiter? «, fragte ich, mehr neugierig als eifersüchtig, ich fand eher Mitleid mit dem Kerl.

»Ja, ich traf die Margot. Erstaunlicherweise sie ist eine nette, spirituelle moderne junge Dame. Ihr missfiel dieses Treffen und sie hat sich irgendwie entschuldigt, dass die Eltern sie gezwungen hatten und sich in unseren leben einmischten. Wir hatten uns dann auf eine Bank im Garten zurückgezogen und Margot erzählte mir einiges über ihr Leben. Sie studierte an einem privaten College und hatte sich unsterblich in einen ihrer Kollegen verliebt. Die Romanze dauert über drei Jahren, sie sind ein Paar und nun sie ist im dritten Monat schwanger, sehr glücklich und selbstverständlich sie entbindet mich von dem Heiratsantrag-Wort.

Ich war schockiert aber extrem glücklich, so eine Art von Lösung hätte ich nicht gehofft. Wir verabschiedeten uns als Freunde. Nachher hatte ich eine kräftige Auseinandersetzung mit meinen

Eltern und ich hoffe, dass in Zukunft, in mein privates Leben, sie nicht mehr einmischen werden. «

Andrée wartete auf meine Reaktion. Schwer zu sagen was ich in dem Augenblick spürte. Ich liebte Andrée, doch diese Schwäche gab mir zu denken.

Zweifelsohne er war ein braver Sohn und guter Mensch, doch ich fragte mich, ob es nicht auch Neugier war war dieses Mädchen zu treffen, trotz Liebe zu mir?

Sind die männlichen Gefühle weniger innig als die von Frauen? Und was soll ich jetzt machen, sollte ich schlicht und einfach dieses Geschehen ignorieren und vergessen?

Im Grunde Andrée war gegenüber mir ehrlich, wir haben uns befreundet, viel Zeit miteinander verbracht und bis gestern abends zwischen uns waren keine intimen Berührungen. Ich liebte ihn. Andrée merkte sicher was in mir vorging, nahm meine Hand, küsste sie.

»AnnMay, kannst du mich verstehen, kannst du mir glauben? Ich will dich, ich liebe dich vom ganzen Herzen, ich möchte mein Leben mit dir verbringen, willst du mich heiraten? «

Ja, ich wollte es, meine Gefühle waren in mein Gesicht zu lesen. Die Mexico Reise durch *Yukatán, Merida, Chichen Itza, Uxmal* und *Puerto-Valliarta* war ein Traum, hat unsere Liebe einzementiert und war gewissermaßen unsere Hochzeitsreise bevor wir unsere Beziehung, in New York, legalisierten.

Wieder in L.A.

Alle haben sich gefreut, dass ich wieder gesund in L.A. ange-kommen bin. Vor allem Anne, die eigentlich in Verbindung mit Juan war.

Steve? Misstrauisch aber keine Fragen. Er war jetzt mehr mit seinem Freund Kron beschäftigt, der einen Schlaganfall gelitten hat.

Andere Mitglieder des Instituts vorbereiteten sich, um diverse Kongresse und Konferenzen zu besuchen. Für Akademiker sind diese immer Anlass zum Urlauben, dadurch bemühen sich die Organisatoren, als Orte für den Kongress nette Erholungsgebiete zu wählen.

Nach meiner Abreise von L.A., die Verbindung zum Steve wurde abgebrochen. Mit Ann, Rose und Jon sind wir auch heute noch befreundet.

»AnnMay deine Geschichte war wunderbar vor allem weil sie gut endet. Ich liebe Romane und Filme mit positivem Ende. Nach zwei solchen langen und anspruchsvollen Erzählungen ich fühle mich müde.

Was wäre wenn wir eine Pause machen würden und zum Schwimmen nach Balaton flüchten? « schlug Frencinne vor.

»Es gibt noch etwas. Ich habe den Eindruck, dass wir am meisten über Männer reden. Es steckt etwas dahinter. Glaubt ihr nicht, dass es schön langweilig wäre die Zeit nur unter uns Frauen zu verbringen? «

»Ja, glaube schon, dass ich den Duft eines Mannes, die Stimme eines Mannes, die Lügen eines Mannes vermisse. Unter Frauen ist so ruhig, sanft, es passiert eigentlich nichts. Ich merke dass die Neigung nach gepflegt zu sein, geschminkt, Haare gestylt, schön angezogen zu sein verschwimmt. Frencinne hat recht. Ich könnte

Jon einladen, ich vermute er irrt irgendwo in Europa, ich werde versuchen ihn telefonisch zu erreichen« sagte Lilianne.

Nach einer Weile Frencinne meldete sich wieder halb witzig, halb ernst:

»Hier in Kamond gibt es keine Chance einen netten Mann zu treffen? «

»Leider nicht, außer mein Gärtner Michael, den ihr noch nicht kennengelernt habt. Ich glaube morgen kommt er wieder, aber wir sind am Balaton. «

»In diesem Fall fahren wir morgen nicht mehr nach Balaton, wir wollen Michael kennenlernen«, klingelte der Kirchenchor meiner Freundinnen.

»Großartig, wunderbare Aussichten, jetzt könnt ihr noch eine kleine lustige Geschichte vertragen «, sagte Ary.

Die alte Eiche

Es geschah vor vielen Jahren. Damals studierte ich Mathematik an der Universität in Bukarest und ich war erst im dritten Semester. Ich gehörte einer Gruppe von vier Kolleginnen und Kollegen an, die sich in jede Pause sammelten, um Ideen auszutauschen und eine Runde durch die Gänge der Fakultät zu machen. Die Bewegung war mehr als notwendig nach dreiviertelstündiger Sitzung im Seminarsaal.

Meine Kolleginnen waren die Stanka, die Maria und die Sebi. Wir lernten alle sehr gut, erzielten ausgezeichnete Ergebnisse bei den Prüfungen, keine von uns hatte je eine sentimentale Beziehung, wir waren alle sehr brave und unschuldige Mädchen.

Die Maria war irgendwie seltsam. Sie stammte aus einer Intellektuellen Familie, war sehr klug, las täglich das Radioprogramm um die Lieblings-Radio-Sendungen zu markieren, vor allem Konzerte und Theatersendungen. Damals hatten wir noch keine TV-s zu Hause, Theaterkarten und auch Opernkarten waren sehr teuer, sodass die einzige Unterhaltung die Radio-Sendungen waren.

Man konnte merken, dass Marias Familie in einer schwierigen materiellen Lage war. Der Vater war der Alleinverdiener im Haus und Maria hatte noch eine Schwester und einen Bruder. Vier Jahre lang hat Maria ihre Kleidung nicht gewechselt und ich habe nur drei unterschiedliche Blusen an ihr bemerkt.

In diesen Nachkriegszeiten hat man Lebensmittel und Bekleidung Tickets verteilt. Zum Beispiel die Studenten haben den Ticket–Index C erhalten, mit dem man, quantitativ mäßig, mehr Nahrungsmittel bekommen hat. So etwas wie Butter oder Orangen, Bananen, konnte man auch mit C-Tickets nicht bekommen, diese wurden nur in speziellen Geschäften des Zentralkomitees, für Mitglieder des Zentralkomitees, angeboten.

Was Bekleidung betraf, die paar Meter C-Ticket-Stoff haben kaum für ein ordentliches Styling gereicht. Alles andere, wie Import-Ware am Schwarzmarkt, war extrem teuer.

Vom Aussehen her, Maria war nicht schön, sie war total unattraktiv. Sie hatte ein kleines Gesicht, dicke umgeformte Lippen, eine spitze Nase, schmale Stirn, schwarzes kurzgeschnittenes Haar, lange schmale Beine, lange Finger und eine große Brust.

Es ist mir nicht bekannt, ob sie je eine intime Beziehung zu einem Mann gehabt hätte, auf alle Fälle geheiratet hat sie nie. Sie hatte ein gewisses Maß an Angst und Furcht von dem physischen Kontakt, zum Beispiel sie gab ungern die Hand.

Auf der anderen Seite sie verbrachte unzählige Stunden in einer nicht für jeden Mann zugängliche Sektion der Bibliothek der Akademie, um Aldous .Huxley Bücher zu lesen. Solche Bücher waren nur in Privatbibliotheken zu finden.

Ich glaube, dass beflügelte ihre Fantasie. Im Gespräch gab es für sie keine Tabuthemen, man konnte glauben, sie war bereit alles auszuprobieren, aber ob sie auch wirklich etwas getan hätte? Auf alle Fälle, eins ist klar, sie hat mich zum Rauchen verführt.

Man könnte sagen sie war eine Art von Frau, die in Abwesenheit jeglicher intimen Beziehung zu einem Mann, in eine künstliche Welt flüchtete. War sie frustriert? Ja, ich glaube schon.

Einmal fragte sie mich ganz unerwartet:

»Rebecca soll eine sehr schöne Frau gewesen sein, was glaubst du? «

Sie hatte eben den Roman von Daphné du Maurier gelesen.

Einst besuchte ich Maria zu Hause. Überraschender Weise, war die Mutter eine ganz normale, hübsche, nette, liebenswürdige Frau. Ähnlichkeiten zu Maria konnte man nicht feststellen.

Und jetzt etwas über die zweite Kollegin.

Die Familie von Sebi bewohnte ein großes, mehrstöckiges Haus in einer der vornehmsten und ruhigsten Bezirke der Stadt. Der Vater war ein diplomierter Ingenieur und Hobby - Maler.

Sebi war ein dünnes Mädchen, mit normalen Gesichtszügen und kurz geschnittenem Haar. Sie duschte jeden Tag, stundenlang, mit kaltem Wasser und hat ihr Gewicht behalten bis ins hohe Alter. Auffallend waren ihre hässlichen Hände mit kurzen dicken Fingern.

Menschen mit ähnlichen Händen hatte ich einige Male getroffen und jedes Mal bekam ich einen merkwürdigen abstoßenden Eindruck von Unehrlichkeit. Sebi hatte noch als Studentin geheiratet und war die einzige aus unserer Gruppe, die kein Doktoratsstudium angestrebt hat.

Sie war tüchtig, lernte gut, war aber von keiner besonderen Intelligenz und für sie, der Beruf als Mathematikerin galt nur als Zweck um alltägliches Brot zu verdienen.

Sie war sehr belesen, bevorzugte Belletristik in französischer Sprache.

Eigentlich, wir alle Kolleginnen, waren sprachbegabte junge Studentinnen, ziemlich fließend in Französisch und Englisch.

Stanka stammte aus einer Arbeiterfamilie und verbrachte Kindheit und Jugendzeiten in einer Arbeiterumgebung.

Sie war hübsch, hatte ein asiatisch geprägtes Profil, war sehr intelligent und in all den Jahren hat sie sich als eine wunderbare Kollegin und Freundin bewiesen.

Ich muss noch dazu sagen, dass in den damaligen Zeiten, die Zugehörigkeit zu einer Arbeiterfamilie identisch zu einem Adelstitel in der Monarchie war.

Unserer Gruppe hatte sich auch einen Kollegen angeschlossen, der Edi.

Von Gestalt war er klein, überhaupt nicht schön, aber sehr freundlich und humorvoll. Wegen Krankheit hatte er das Studium unterbrechen müssen, war also fast 6 Jahre älter als wir. An diese Gruppe unschuldiger Mädchen hat er sich sehr schnell angepasst. Er war der Kenner aller Sünden dieser Welt, erzählte uns reichlich über sogenannte Tabuthemen und amüsierte sich gleichzeitig über unsere mangelnde Information, über unsere Ignoranz was reelles Leben betrifft. Alle haben in Bukarest gelebt, in dieser Stadt die Schulen besucht und sie hatten eine lockere Art von Benehmen. Maria und Sebi hatten sogar den speziellen Hauptstadt-Dialekt benutzt, den ich überhaupt nicht mochte und der in meinen Ohren kratzte.

Die Wahrheit ist, ich kam aus Siebenbürgen, mein Benehmen war eher zurückhaltend, geprägt von hoher kindischer Naivität.

Meine Kolleginnen wohnten im Elternhaus, ich aber bei der Tante Grete, eine liebevolle alte Frau, die unverheiratet blieb. Ich war sehr jung, kaum 16 Jahre und Tante Grete sollte auf mich aufpassen, was sie auch tat.

In jeder Pause und manchmal auch nach den Vorlesungen sammelten wir uns Maria, Sebi, Stanka, Edi und ich, um zu plaudern und zum Kommentieren was noch so, an der Fakultät, passiert war. Wir hatten nicht nur über unsere Kollegen geredet, sondern natürlich auch über unsere Professoren.

Es waren Berühmtheiten, sehr gute, exzentrische, gute, aber auch manch weniger gute Professoren, von denen wir überhaupt nichts lernen konnten.

Eine Berühmtheit war der Dan Barbilian, Mathematiker und gleichzeitig Dichter unter den Namen von Ion Barbu. Er hatte einige Jahre in Göttingen und Tübingen studiert, dort wurde er Doktor der Philosophie. Wesentlich wichtiger als seine mathematischen Erfindungen ist sein literarisches Werk, bestehend aus zahlreichen Gedichten mit klangvollen Verbindungen von Neologismen und Archaismen in einem von ihm entworfenen geometrischen Raum. Damals hatte er einen Stammtisch bei dem Nobelgasthaus Capsa in der Calea Victoriei Straße, in das er gelegentlich auch Studentinnen eingeladen hat.

Also wir trafen uns zusammen innerhalb und außerhalb der Pause, um Geschehnisse aus der Fakultät zu kommentieren.

Und so geschah es, das irgendwann Stanka hat sich in Ion M. verliebt. Er war ein Physik Student im achten Semester. Ich weiß es nicht, aber als ich diesen Ion M. kennen lernte und mit ihm einige Worte gewechselt hatte, hatte ich ein unangenehmes Gefühl.

Vom Aussehen nichts Besonderes zu sagen, außer ein gut zu erkennenden Adamsapfel und ein Schnurrbart. Er sprach mit kehliger Stimme, spazierte mit hochgehaltenem Kopf und beabsichtigte mit allen Mitteln zu dominieren.

Ich habe ihn von Anfang an ignoriert, meine Antipathie war sichtlich, solche Gefühle kann man nicht verbergen. Außerdem glaubte ich Ion M. war ein schlechter Mensch.

Dieser Ion M., wir nannten ihn Nelu, hat Stanka in solchem Ausmaß beeinflusst, dass sie immer mehr zurückhaltender gegenüber uns geworden war, kleidete sich ohne jegliche Fantasie, sprach kaum mit männlichen Kollegen und die Unterrichtsstunden in Gymnastik absolvierte sie nur in Trainingsanzug. Stanka war Ion verfallen, Stanka war nicht mehr Stanka.

Als Edi sich einmal über das neue Benehmen Stanka lustig machte und versuchte das Mädchen in die Realität zu bringen, Stanka sprach, wochenlang, kaum ein Wort mit ihm.

Diese totale Unterwerfung gegenüber Nelu, vergleichbar mit mittelalterlichem Zustand der Frauen in Ländern des Nahen Ostens, konnte nicht unbemerkt von unseren Kollegen bleiben. Diese haben dann gescherzt und diesen Status einer Frau mit dem Namen "Stankaism" bezeichnet.

Leider Stanka konnte nichts ändern. Sie liebte Nelu und tat alles um ihn zu gefallen. Uns allen war es schwer zu verstehen wie konnte Ion M. die Persönlichkeit dieser intelligenten, normalen, schönen Frau so zu manipulieren.

Eines Morgens, geklebt am Glas des Kiosks des Portiers am Eingang des Gebäudes der Fakultät wurde ein Umschlag an mich gerichtet gepostet.

Ich nahm den Umschlag in Eile, schmiss ihn in den Aktenkoffer mit dem Gedanken in der ersten Pause zu lesen und betrat den Seminarraum.

Ich hatte die Vorlesung sehr konzentriert verfolgt und die Sache mit dem Umschlag komplett vergessen.

Am nächsten Tag bemerkte ich es und glaubte an irgendeine Benachrichtigung vom Sekretariat weil ich Gruppen-Leiterin war.

Ich habe den Umschlag schnellsten geöffnet und zu meinem großen Erstaunen, im Umschlag war ein Liebesbrief, unterschrieben mit *„Die alte Eiche"*.

Den Brief las ich einmal, zweimal, dreimal, habe ihn auf beide Seiten gedreht, konnte nicht glauben was da drinnen stand und dann brach ich in Lachen aus.

Ich hatte sofort meine Freundinnen gerufen, wir haben den Brief gemeinsam gelesen und uns köstlich amüsiert.

Entschieden hatte ich mich nicht zu antworten. Der Edi hat sich bereiterklärt, subtile unter den Kollegen zu schnüffeln um herauszufinden, wer der mutige Schreiber des Liebesbriefes ist.

Am Tag nach dieser Geschichte, geklebt auf dem Glas des Kiosks des Portiers, ein neuer Brief wurde gepostet und wieder an mich adressiert.

Voll Neugier, habe ich den Brief geöffnet und wie erwartet es war wieder ein Liebesbrief, unterschrieben *»Die alte Eiche«*.

Diesmal, die alte Eiche erfuhr, dass der Liebesbrief öffentlich und in Kollektiv gelesen wurde und mit pikanten Bemerkungen gewürzt.

Die Eiche beklagte sich voll schmerzen, die ganze Nacht saß wach im Bett, fand sein Platz nicht mehr, konnte sich beim Lernen nicht konzentrieren, er sah nur mein Gesicht, hatte nur mich im Herzen, seine Gedanken waren nur an mich gerichtet.

Aha, er sollte ein Student sein, dachte ich.

Na, ja, die Sache begann die Grenze eines harmlosen Flirts zu übersteigen. Wir alle hatten uns sehr ernst gefragt, wer könnte dieser Mann sein?

Aber wie konnte er wissen, dass wir den Brief gemeinsam gelesen hatten und so schnell?

»Es soll klar sein, so klein und unattraktiv wie ich bin, kann keine alte Eiche verkörpern«, sagte Edi und lachte mit gewisser Ironie.

Ich hatte auch diesen Brief nicht beantwortet, aber nach zwei Tagen erschien ein neuer Brief an mich adressiert und noch immer von der alten Eiche.

Eigentlich, alle zwei Tage erhielt ich einen neuen Brief. Mit was für einen Inhalt?

Es waren, selbstverständlich, Liebesbriefe, nur in so eine Liebe konnte ich mich wirklich nicht verlieben.

Die hatten einen bombastischen Still. Die Eiche gab mir Vorlesungen über die Liebe, wie man lieben sollte, wie geliebt er sein soll, welche sind die Instrumente der Liebe. Er schwärmte im Nebel von Liebe, nichts war für ihn zu hoch, zu breit, zu farbig, sein Zustand war astral, war himmlisch, galaktisch und irgendwo dort, wahrscheinlich in einem Eck, hatte auch ich einen Platz.

Einige Male habe ich geantwortet, logisch, bescheiden und ehrlich und habe gebetet diesen Sturm von Briefen ein Ende zu setzen.

Es war mir einigermaßen peinlich geworden, weil diese Briefe von meinen Kollegen gesehen wurden und sarkastische Bemerkungen hatte ich gehört.

Eines Tages, Edi hat mir einen Typ gegeben, und zwar verdächtigte er einen gewissen Liviu S., Physikstudent im dritten Jahr, sechstes Semesters.

Er könnte der Autor dieser Briefe sein. Warum? Es war bekannt, dass Liviu ein begabter Schreiber war, er war Amateur-Dichter, hatte keine Freundin und könnte in mich verliebt sein.

In der Zwischenzeit Liviu hat von der Odyssee dieser Briefe gehört, Edi hat ihn, ich weiß nicht wie subtil geprüft, ob er der Autor sein konnte und ich glaubte, dass er die Gelegenheit zu seinem Nutzen ergreifen wollte.

Eines Tages, ich traf ihn auf dem Flur und wir wechselten paar Worte über belanglose Ereignisse.

Plötzlich sagte er mir dass es nett wäre, wenn wir uns an dem Abend um sieben Uhr auf einen Kaffee im Restaurant beim Scala treffen würden und verschwand ohne zu wissen, ob ich seine Einladung wahrnehmen werde oder nicht. Selbstverständlich bin ich zu dem Treffen nicht hingegangen.

Am nächsten Tag, sehr verärgert, suchte er mich im Seminarraum und mit ziemlich unangenehmer Stimme sagte er:

»Gestern abends du bist nicht gekommen, ich habe zwei Stunden auf dich gewartet. Wenn du auch morgen abends um sieben Uhr nicht beim Capsa bist, dann gibt es Ärger«.

Ohne das ich etwas antworten konnte, verschwand.

Selbstverständlich, auch diesmal hatte ich die unhöfliche Einladung nicht wahrgenommen.

Ich hatte mir gesagt, jetzt wo der Liviu böse sein wird, falls er der Autor der Briefe war, dann bekomme ich keine Briefe mehr und die ganze Situation wird sich klären.

Fatalität, es war nicht so.

Am nächsten Tag wurde ein Brief gepostet mit mehr Astrale Visionen und Erotik und Wollust wie vorher.

Ich war verzweifelt, die Lage begann für mich unerträglich zu sein.

Kurz danach, Stanka sagte mir, dass sie Nelu gebeten hat einige Investigationen bei seinen Kollegen zu unternehmen und, dass Nelu bereit ist mit mir zu reden, um einige Hinweise über die Person der Eiche zu geben.

Trotz meiner Antipathie gegenüber Nelu, haben wir ein Treffen in einem Seminarraum vereinbart.

An dem Tag, betrat ich neugierig den Seminarraum, und setzte mich auf eine Bank. Nelu war bereits dort und wartete auf mich.

Nelu bewegte sich im Saal und begann zu reden.

Zu meinen Erstaunen fing er an wie ein Priester, über die Bibel zu erzählen, biblische Szenen zu beschreiben, biblische Persönlichkeiten zu erwähnen, biblische Fakten zu kommentieren und ab und zu mir Gegenüber gewisse Fragen zu stellen.

Aber wenn ich will, kann von mir keiner eine Antwort bekommen und so war es auch diesmal.

Eigentlich, ich wusste nicht was Nelu von mir will, es dauerte bereits eine halbe Stunde, ich war verwirrt von so vielen Heiligen und Heiligkeiten und wollte nur nach Hause und habe begonnen meinen Aktenkoffer zu schließen.

Endlich, Nelu bemerkte meine Müdigkeit und ich spürte seinen Ärger, dass er mich bislang nicht beeindrucken konnte.

Ich bin immun zu seinem biblischen Vortrag geblieben.

Plötzlich zitierte er eine Passage aus dem Johannesevangelium Kap.4.

Joh 4,25f. Die Frau sagte zu ihm: Ich weiß, dass der Messias kommt, das ist: der Gesalbte (Christus). Wenn er kommt, wird er uns alles verkünden. Da sagte Jesus zu ihr: Ich bin es, ich, der mit dir spricht.

Auch wenn ich sehr müde und gelangweilt war, aus dieser Allegorie konnte das wichtigste Element verstehen: NELU SELBST WAR » DIE ALTE EICHE. «

Er setzte sich auf eine Bank vor mir, versuchte meine Hand in seine Hände zu drücken und sagte: »Und was jetzt? «

Einen Augenblick, die biblische Allegorie hat mich verwirrt und sehr überrascht und auch erschrocken, wusste nicht was ich glauben sollte.

Ich erholte mich gleich und konterte mit einem ironischen Lächeln:

»Es tut mir sehr leid, aber bei dir, der Platz von Maria Magdalena ist schon besetzt. «

Ich entriss meinen Aktenkoffer und bin so schnell wie ich konnte aus dem Seminarraum geflohen.

Nach diesem Vortrag ich hätte lachen müssen, aber nein, ein tiefes Übelkeitsgefühl beherrschte mich.

Es waren mehrere Gründe.

Alle Briefe wurden gemeinsam gelesen, Stanka war dabei. Wieso hat sie die Schrift von Nelu nicht erkannt? Der Schriftverkehr hat mehr als zwei Monate gedauert. Wurde sie bedroht? Wir werden es nie wissen und wahrscheinlich sind wir nicht mehr interessiert, es zu wissen.

Stanka war zu dem Zeitpunkt schwanger; die beiden haben kurz danach geheiratet.

Mich, nach dieser Ausrede, hat niemand etwas gefragt, nicht mal Edi und auch ich hatte den Fall mit niemand kommentiert.

In den kommenden Jahren jegliche Treffen mit Nelu, aber auch mit Liviu hatte ich vermieden.

Einige Jahre später hatten wir erfahren, dass Nelu Stanka sogar mit der Reinigungskraft im Haus betrug. Sie haben sich scheiden lassen. Stanka hat den Doktor Titel erworben und eine schöne Karriere als Universitätsprofessorin bekleidet.

Und Nelu? Nelu hat versucht sich überall in Führungspositionen zu profilieren. Er hat eine Karriere als Physiker und Schriftsteller angestrebt, aber sein Hobby war die Politik und hier hat er von sich reden lassen, mit mehr Erfolg.

Man sagt er ist ein Millionär, sehr möglich. Man sagt er war ein Präsidentschaftskandidat, auch das ist möglich. Aber eine Exzellenz war er als Physiker, als Schriftsteller oder als Politiker nicht, er hat nur alles getan, dass andere glauben sollen, dass er es wäre.

Was andere Kollegen betrifft: Edi verstarb als junger Mann an einem Herzinfarkt, Maria hat, wie erwartet, nicht geheiratet, Stanka ist wahrscheinlich bereits eine Ur-Großmutter und Sebi hat ein normales Leben im Schatten ihres Mannes geführt.

Liviu? Irgendwann wir wohnten in der gleichen Stadt, er hat nicht geheiratet und war ständig auf der Suche nach jemanden, der bereit war ihn zuzuhören.

Am nächsten Tag, früh um acht Uhr, meine Freundinnen saßen bereits auf der Terrasse bei einem Kaffee und waren in sehr guten Laune.

» Wir warten auf Michael. «

»Deswegen habt ihr diese glänzenden Badeanzüge und passende Clogs angezogen, deswegen habt ihr euch so geschminkt? «

»Wie sieht Michael aus? « fragte Frencinne.

»Michael ist so in den fünfziger Jahren und weil er so viel draußen arbeitet, sieht er sehr gut aus! Er ist ein feiner Mann mit höflichem Auftreten. Er war verheiratet, seine Frau ist vor einigen Jahren an Krebs gestorben und er ist Alleinerzieher zweier Mädchen, seine Töchter. Ich muss euch warnen, er spricht kein Deutsch, nur ein bisschen englisch. «

»Wir werden versuchen zurechtzukommen, Frencinne spricht mäßig ungarisch, sie wird unsere Übersetzerin sein. «

So um halb neun erschien Michael und wie immer öffnete er die Eingangstür mittels elektronischen Schlüssels, betrat den Hof mit seinen kleinen weißen Toyota Transporter und parkte neben stolzen Audi von AnnMay.

Michael wusste nicht, dass ich Gäste hatte, sodass er große Augen machte als er die Gruppe schöner Damen blickte. Und die Damen waren sehr elegant und bei exzellenter Laune. Ich hatte plötzlich Angst Michael dreht sich um und flieht.

Um die Lage zu klären habe ich persönlich interveniert, dem Michael den Grund warum meine Freundinnen nach Kamond gekommen sind erklärt und habe ihn auf der Terrasse auf einen Kaffee eingeladen.

Anschließend durfte ich mich nicht mehr einmischen, meine Freundinnen haben versucht den Smalltalk in allen Sprachen der Welt zu führen, und irgendwie ist es ihnen gelungen sich mit dem Michael zu verständigen. Eigentlich Frencinne war diejenige, die ungarisch sprechen konnte.

Meine Freundinnen hatten sich an Gartenangelegenheiten interessiert gezeigt und haben Michael in den Garten begleitet. Michael begann die Rosen zu schneiden, die Mädels wollten bei dieser Arbeit helfen und das haben sie auch getan. Vom Garten hörte man das Lachen und fröhliche Schreien, es herrschte eine ausgezeichnete Stimmung.

Nach einer Weile hat man eine Pause gemacht weil Michael den Traktor für das Rasenmähen vorbereiten musste. Die Mädels sind schnell ins Haus gekommen, haben einige Brötchen vorbereitet, haben paar Bierdosen mitgenommen und sind zurück in den Garten gerannt, wo sie ein kleines Picknick mit Michael als Ehrengast organisiert haben. Mich hat man vergessen einzuladen.

Blickend in den Garten von der Terrasse aus, begann zu philosophieren über die ausgezeichnete Wirkung, sogar Heilwirkung, die die Anwesenheit eines Mannes in der Gesellschaft mehreren Frauen haben könnte.

Man soll auch nicht vergessen, dass bei einigen allein lebenden Frauen es entwickelt sich, in Abwesenheit eines Partners, ein Gefühl der Frustration mit anschließenden Ausbrüchen, bei Gelegenheit, an übertriebenen Freude oder Zorn. Auch wenn die Frauen, aus Scheu, es nicht öffentlich behaupten wollen oder können, sie brauchen die Gesellschaft eines Mannes, brauchen die Wärme, den Schutz, die Sicherheit strahlend von der männlichen Struktur. Es ist nur so, dass in einem gewissen Alter, bedingt von vielen sozialen Faktoren, so ein Desiderat ist sehr schwer zu erreichen.

Und jetzt zurück zum Michael. Der arme, an dem Tag war er nicht besonders erfolgreich mit dem Rasenmähen. Irgendwann, müde, begann sich vorzubereiten um nach Hause zu fahren. Er wohnte in einem kleinen naheliegenden Städtchen.

Frencinne, die sich am meisten mit dem Michael unterhalten hatte, fragte ob Sie auch mit gehen könnte, um ein bisschen die Umgebung zu erkunden, sie würde gerne Michael für diese kleine Reise entschädigen.

Höflich, wie ich ihn kenne, Michael willigte ein, Frencinne stieg sofort in das Auto ein und gefolgt von bitteren, überraschten und neidischen Blicken restlicher Frauen verließ sie Kamond.

Etwas Interessantes. Frencinne fährt einen Porsche 911 Carrera Cabbriolet und oft übt Kritik an dem Auto; jetzt fährt sie mit einem Toyota Kleintransporter und strahlt von Freude.

Wie hat man diese Abreise kommentiert? Ich denke, Details sind kaum notwendig.

Irgendwann, abends, der weiße Kleintransporter kehrte zurück nach Kamond.

Aus dem Auto stieg, als erstes, Michael aus, ging auf der anderen Seite, bot Frencinne die Hand um ihr aussteigen zu helfen, küsste Ihr die Hand, brachte Sie vor die Tür, schickte uns allen einen freundlichen Gruß, stieg wieder in sein Auto ein und verschwand.

Frencinne fühlte sich, offensichtlich, unbehaglich, oder wir haben sie so eingeschätzt?

Auf der Terrasse, wo wir uns wieder gesammelt hatten, herrschte, für eine ganze Weile, die tiefe Stille. Endlich, Frencinne sagte:

»Jetzt sollen wir besser schlafen gehen, morgen werde ich euch von meiner kleinen Reise und über das was ich erfahren habe erzählen. «

Casa Meringo

Ich merke ihr stellt keine Fragen obwohl ich sicher bin dass ihr voll Neugierde seid.

Nun, *Pápa*, die kleine Stadt wo wir gefahren sind verfügt über zwei Attraktionen: die evangelische Kirche und das ziemlich verfallene Schloss Esterhazy. Mehr interessantes habe ich hier nicht bemerkt, beeindruckt hat mich etwas anderes.

Auf dem Weg nach *Pápa* durchquerten wir *Szent-Márton*, den Geburtsort von Michael, wo er mir das Elternhaus zeigte. Diese Ortschaft ist Kamond ähnlich, nur die Straßen sind breiter und die Anzahl der Einwohner höher.

Neben dem Elternhaus habe ich ein prächtiges Haus bemerkt. Mit Leintüchern bedeckte Fenster, bewachsenes grünes Moos vor dem Haus und getrockneten Blätter bedeckten das Dach, alles hat darauf hingewiesen dass es ein verlassenes Haus sei.

Fragte gleich Michael wem gehört das Haus, wer wohnt dort?

Michael schien in Gedanken gesunken, dann:

»Das Haus gehört mir, aber es ist von niemand gewohnt. Das innere des Hauses ist leer, es gibt keine Heizung, kein Strom, Wasser nur aus den Brunnen im Garten. Die Einwohner des Dorfes nennen es Casa Meringo weil hier die Meringo Familie gewohnt hat. Manche nennen es Geisterhaus Meringo. «

Voll Neugier fragte ich nach der Geschichte dieses Hauses. Hier ist das was ich vom Michael erfahren habe, ich übergebe seine Erzählung.

Es ist eine traurige Geschichte. Es gibt so viele Dramen die sich nicht unbedingt in der Unterwelt, sondern in der sogenannten zweiten sozialen Schicht abspielen, unbekannt, von denen niemand redet und die von vergänglicher Bedeutung ist.

Meringo János, als junger Mann war nicht besonders attraktiv, sehr dünn, hoch, leicht vorstehende Wangenknochen und große Hände. Sehr intelligent, fließend in sechs Sprachen, ausgezeichneter Techniker im Schiffbau hatte eine ansehnliche Karriere gemacht.

Während des Krieges wurde er in der ungarischen Armee mit dem Rang eines Offiziers einberufen.

Während seiner Stationierung in Siebenbürgen, traf er die Irma, die Tochter eines Notars aus dem Bezirk Ciuc. Wunderschönes Mädchen, sehr intelligent und voll Energie. Nach der Promotion in Cluj, Irma begann zu arbeiten in der Kanzlei ihres Vaters. János hat sich unsterblich in sie verliebt, sie heirateten und János brachte sie nach Budapest in das Haus seiner Eltern.

Diese waren von der jungen Schwiegertochter begeistert und überhäufen sie mit Geschenken.

An dieser Stelle muss gesagt werden, János Eltern waren Juden, die vor sehr vielen Jahren zum Christentum übertraten.

Sehr wohlhabende Familie in Budapest, hatten mehrere Immobilien, ein Haus in *Szent-Endre,* eine Yacht am Balaton und eine Druckerei.

Mit der Geburt eines Enkelkindes, ein Mädchen, das Glück der Familie erreichte den Höhen Punkt, doch es dauerte nicht lange.

Bald kamen über Ungarn die schweren Zeiten des Krieges und János wurde in die Armee einberufen.

Irma, das Mädchen und die Schwiegereltern blieben in Budapest. Von jetzt an beginnt die Tragödie der Familie.

Die Eltern wurden Ende 1944 von Bewaffneten Pfeilkreuzlern am Donauufer erschossen. Dass sie Christen, in Ungarn geboren und seit Generationen ungarische Staatsbürger waren, hatte nicht geholfen. Für die damalige Regierung die Ermordung von Juden war höchste Priorität. Irma blieb alleine mit ihrer Tochter, in einer Wohnung in Budapest.

Kurz danach die ungarische Armee rückte Richtung Westen und die Front näherte sich höchster Geschwindigkeit. Eines Abends, tauchte János auf, er hatte die Armee verlassen, er hatte Fahnenflucht begangen und versteckte sich voller Angst.

Irma glaubte von jetzt an werden sich die Sachen arrangieren, doch bald die russische Armee, die Befreiung Macht, machte seinen Einzug.

Es begann die Untersuchung der Wohnungen.

Zwei Soldaten betraten die Wohnung der Meringos und einer richtete die Waffe Richtung Tür eines Kabinetts, wo auf schnelle, János sich versteckt hatte. Verzweifelt, Irma rief in rumänischer Sprache:

»Nein, dort versteckt sich mein Mann. «

Das Schicksal machte, dass der bewaffnete russische Soldat aus Bassarabien stammte und sprach rumänisch. Er war auch überrascht, ließ die Gewähr fallen, und so wurde János gerettet.

Zwei Wochen nach diesem Vorfall, eine Gruppe bewaffneter betrunkener russischer Uniformiertern betraten die Wohnung auf der Suche nach wertvollen Gegenständen, Essen und trinken. Das Haus war noch immer elegant eingerichtet aber Essen und Trinken gab es nicht. Verärgert, ein betrunkener Offizier dachte wenn kein Essen und trinken dann mindestens Sex.

Er schnappte Irma und stößt Sie auf die Treppen nach oben. Verzweifelt, Irma versuchte irgendwie zu entkommen aber es gab keinen freien Weg. Dann, in der letzten Minute, mit letzter Kraft und Verstand, stößt den Mann in die Höhle des Aufzugs. Er verstarb. Angeblich ist er längere Zeit dort geblieben weil der Aufzug einige Wochen nicht funktioniert hat. Irma versuchte sich zu verstecken aber dann hörte sie Schüsse.

János versuchte, Mädchen in den Armen, zu fliehen. Er war schon auf der Straße. Die Russen haben nach ihm geschossen, er bekam einige schwere Wunden aber das Kind wurde tödlich getroffen.

Irma fand sie auf der Straße liegen, das Kind verstarb auf einer Bank vor dem Haus.

János erholte sich nach einiger Zeit, Irma aber nie. Sie verfällt in eine tiefe Depression und dann in Wahnsinn. Beide lebten zurückgezogen in *Szent-Márton* in diesem Haus.

Irma verbrachte alle Nächte auf einer Bank im Garten. Nachdem sie verstorben war, János verließ das Haus, übersiedelte nach Budapest und seine Spuren lassen sich nicht mehr verfolgen.

Wie ist Michael im Besitz des Hauses gekommen? Das Haus wurde versteigert, niemand hatte sich gemeldet, weil man sagte das Gespenst von Irma bewohnt die Räume. Michael kennt die Wahrheit, fürchtet Gespenster nicht, er hatte dann das Haus gekauft. Warum? Kann er nicht genau sagen.

Lilianne, Ary, Gerda und AnnMay weinten.

Tragisches Schicksal, erschütternd, hoffentlich Morgen hören wir etwas Lustigeres.

Die bislang ruhige Gerda ist an der Reihe.

Der Tiroler

Es war wieder einer jener Tage, an dem ich von Wien nach Salzburg fahren musste. Es zeigte sich ein schöner Herbsttag an und ich entschied mich mit einem Zug ganz früh zu fahren.

Wie immer, versuchte ein leeres Abteil zu finden und so wie immer hatte ich mich auf den Platz am Gang, in Fahrtrichtung des Zuges, gesetzt.

Ich hatte ein Buch mit, aber keine Lust zum Lesen. Meine Gedanken kreisten kontinuierlich um meinen Freund Willi mit dem ich unzählige Male nach Salzburg fuhr.

Am Vortag bekam ich die Benachrichtigung, dass er an einem Herzinfarkt verstarb.

Eigentlich es war zu erwarten. Seit einiger Zeit lebte er mit einem Herzkatheter und war auch nicht mehr der Jüngste. Zugegeben, die Nachricht vom Tod dieses lieben Menschen bewegte mich sehr.

Einige Minuten vor Abfahrt des Zuges öffnete ein älterer Mann mit weißem Haar die Abteiltür und fragte mich höflich, ob noch Plätze frei wären und ob er sich dazu setzen darf

Ja, selbstverständlich, es waren noch viele freie Plätze.

Die athletische Gestalt des Mannes füllte den Türrahmen fast völlig aus.

Er war so um 1,80 bis 1,90 Meter groß, hatte kurzgeschnittene Haare und eine leicht kaffeebraune Hautfarbe.

Er sah so aus als wäre er, ein Mitglied des Bezirksbauernrates, bereit für die Landtagswahlen, wer weiß?

Der Mann wählte den Fensterplatz gegenüberliegend aus und ich konnte alle seine Bewegungen beobachten.

Der Mann war sehr imposant, gekleidet war er in Tiroler Tracht, kann nicht genau beurteilen aus welcher Gegend Tirols.

Die über die Knie reichenden Lederhosen waren aus hochwertigem Rotwild gefertigt. Als Oberteil hatte er eine Joppe aus braunem Tuch, dazu, der traditionelle Tiroler-Hut. Nicht vergessen die sehr weißen dreiviertel Strümpfe aus Baumwolle, die Krawatte und die glänzenden Trachtenschuhe.

Ich erinnerte mich, dass ich eine Abbildung dieser Tracht, einmal, in der Bekannten Serie von Trachtenbildern aus den verschiedenen Regionen Tirols, von Johann Nussbiegel, der berühmte Zeichner und Kupferstecher im XIX Jh., gesehen zu haben.

Mit den Gedanken an meinen Willi, werde ihn von jetzt an Willi nennen, obwohl zwischen dieser Person und der wahre Willi eine Zwiespalt wie zwischen Erde und Sonne war.

Willi setzte sich bequem auf den Platz, legte seinen Rucksack unter den Sitzplatz, zog den Loden aus und hängte ihn auf den über seinen Platz fixierten Haken, zog den ausziehbaren Tisch vor dem Fensterbrett und wartete einige Minuten bis zur Abfahrt des Zuges.

Seine Hände bewegten sich unruhig nach links und rechts, dann steckte er die Hände in die Taschen, zog sie dann sofort heraus, sagte nichts, schaute für eine Weile durch das Fenster und dann, blitzschnell zog er aus dem Rucksack einen Wecker.

Es war ein klassischer mechanischer Wecker, mit einstellbarer Weck Zeit und der Farbe Gold - gelb. Einen ähnlichen Wecker, aber der Farbe Rot, habe ich in der Küche meiner Großmutter gesehen, er wurde damals mit viel Respekt manövriert.

Willi bewegte den Wecker nach vorne, nach hinten, setzte ihn auf den Tisch, schaute ihn an, denkt eine Weile nach, dann genauso blitzschnell warf er ihn regelrecht zurück in seinen Rucksack.

Er schob die Hand wieder hinein in den Rucksack und zog eine schöne aus Leinen karierte kleine rote Tischdecke und arrangierte sie mit viel Liebe auf den Tisch.

Danach, beugte er sich wieder zu seinem Rucksack, zog den Wecker heraus, stellte ihn ein und setzte ihn auf die Tischdecke.

Sein Gesicht strahlte Glück und Zufriedenheit aus und schenkte auch mir einen freundschaftlichen Blick. Geantwortet habe ich mit einem kaum erkennbaren Lächeln.

Weil ich nichts Besseres zu tun hatte und auch neugierig war, begann ich seine willkürlichen Bewegungen genauer zu beobachten.

Das, was ich zu sehen bekam, war so etwas wie ein Ritual für ganze zwei Stunden.

Willi öffnete den Rucksack;

zog ein Schnapsglas heraus;

überprüfte es auf Sauberkeit;

es ist sauber aber nicht genug;

zog aus dem Rucksack ein Geschirrtuch heraus;

wischte Schnapsglas ab;

steckte das Geschirrtuch zurück;

zog eine Schnapsflasche heraus;

trinkt 2 Gläschen Schnaps;

atmet zufrieden;

öffnete Rucksack;

steckte Schnapsflasche hinein;

zog ein Jagdmesser hinaus und legte es auf den Tisch;

zog einen schön dekorierten Porzellanteller aus dem Rucksack;

legte ihn auf den Tisch;

zog eine Zwiebel heraus und legte sie auf den Tisch;

zog eine Wurst heraus und legte sie auf den Tisch;

schließt den Rucksack wieder;

Willi stand auf;

blieb einige Minuten denkend, stehen;

legte Hände in die Taschen;

schaute durch das Fenster nach draußen;

inspizierte die Landschaft;

zog die Hände aus den Taschen heraus;

setzte sich;

öffnete den Rucksack;

zog einen ziemlich großen Laib Landbrot heraus;

versucht das Brot auf den Tisch zu legen;

ging nicht;

das Brot ist zu groß und auf dem kleinen Tischlein

lagen zu viele Gegenstände;

steckte Brot, Zwiebel, Wurst und Teller zurück in

dem Rucksack;

zog das Brot wieder heraus;

schnitt eine Scheibe ab;

 das Rest-Brot steckt er in den Rucksack zurück;

zog Zwiebel, Wurst und Teller wieder heraus;

und organisierte alles ordentlich auf den Tisch;

 schaute alles aufmerksam an;

 beugte sich und zog Salz und Pfeffer aus dem

Rucksack heraus;

schloss den Rucksack;

schnitt Wurst und Zwiebel und begann zu essen;

mühevoll öffnete er den Rucksack;

zog eine Flasche Bier heraus;

schloss den Rucksack;

trank Bier aus der Flasche;

öffnete den Rucksack und zog ein Stück Speck heraus;

schnitt eine Scheibe Speck;

kombinierte sie mit der Zwiebel;

und genoss es offensichtlich;

trank wieder Bier;

steckte den Speck, die Wurst, den Teller, Salz und

 Pfeffer zurück in den Rucksack;

Willi ist fertig;

brachte den Rest nach draußen zu dem Mülleimer;

 kehrte zurück;

öffnete den Rucksack;

zog einen kleinen Teller und ein Mohnstriezel heraus;

wischte sein Messer an dem kostbaren Tischtuch ab;

schnitt eine Scheibe Striezel ab;

den Rest steckte er zurück in den Rucksack;

Willi aß Mohnstriezel;

mich ignorierte er die ganze Zeit;

bot mir keinen Kuchen an;

Pause.

In das Abteil ist es plötzlich still geworden, als würden wir etwas abwarten. Ich konnte nicht erraten, was im Kopf meines Kompagnons hervorging, wir saßen beide sehr ruhig, fast unbewegt als würden wir, wie im Krieg, Flugzeuge abwartend, ob die uns zerbomben.

Plötzlich, mit einem lauten, fast explosiven ohrenbetäubenden Weckruf, begann der Wecker zu klingen.

Mit einer kosmischen Geschwindigkeit, fast brutal, befiel Willi den Wecker und schlug mit seiner Faust um ihn anzuhalten.

Wütend drehte er sich zu mir

»Wieso sind wir in Salzburg noch nicht angekommen? «

Fast gleichzeitig, meldete sich der Lautsprecher: »Liebe Gäste, wir erreichen in Kürze Salzburg Hauptbahnhof. «

Willi hätte sich nicht ärgern sollen, der Zug erreichte Salzburg Hauptbahnhof mit der üblichen Pünktlichkeit!!

≈≈≈

Wir lachten darüber vom ganzen Herzen. Die zehn Tage unseres gemeinsamen Urlaubes vergingen sehr schnell, wie ein Traum.

Die Hitze war noch da, aber wir hatten eine gewisse Müdigkeit gespürt. Zu viele Geschichten, jeden Tag gleiches Programm, gleiche Gesellschaft, gleiche Umgebung. Auch wenn alles so unterhaltsam aussah, man möchte doch nach Hause. Welche war die interessanteste Geschichte? Die Meinungen gingen in die Richtung Lilianne, aber ich glaube dass jede Erzählung, lang oder kurz, ihre Reize hatte. Ein letztes Abendessen, letzte Impressionen, letzter Rotwein.

Wir werden uns, sicher, in Zukunft, in Kamond, wiedersehen und dann erfolgen viele noch spannendere Erzählungen.